お隣の天使様にいつの間にか
駄目人間にされていた件
佐伯さん
イラスト はねこと
Vol. 8.5

目次

藤宮周

進学して一人暮らしを始めた高校生。
家事全般が苦手で自堕落な生活を送る。
自己評価が低く卑下しがちだが心根は優しい性格。

椎名真昼

周のマンションの隣人。
学校一の美少女で、天使様と呼ばれている。
周の生活を見かねて食事の世話をするようになる。

うちに今日何があったか
ておこうと思って」

び……）

「忘れない
書き留め

（きょ、今日は、カーディガンの

お隣の天使様にいつの間にか駄目人間にされていた件 8.5

佐伯さん

GA文庫

カバー・口絵・本文イラスト
はねこと

これまで歩んできた道

紙をペン先が撫《な》で、カッカッとやや硬質な音を立てながら真っ白なページを文字で埋めていく。

華奢《きゃしゃ》な指先と細いボールペンが綴《つづ》る文字を見ないようにしながらも、周《あまね》は隣の真昼《まひる》が黙々と分厚い本の一部分に黒のインクによる文字を連ねていく様子を眺める。

夕食後、後片付けも終わった後は二人で寛《くつろ》ぐのだが、常に二人でくっつき合っている訳ではない。クラスメイト達はおろか樹《いつき》まで勘違いしていたので笑っていいのか悪いのか。周達は四六時中いちゃついていると思われているらしい。

実際のところはそれぞれやる事があればやるし、常に共同作業や睦《むつ》み合いをしている訳でもない。空間を共有する事はしているものの、それぞれ好きな事をして穏やかな時間を過ごしているのだ。

今日も例にもれず、真昼は周の横を確保しつつも静かに一人で何かを書いていた。

流石に中を覗《のぞ》き込むのは恋人といえど失礼に当たるので見ようとは思わないのだが、何かしらの文字を書いているのは分かる。以前料理のレシピまとめや評価まとめを書いていた事はあったが、今回はそのノートではない。

ちらりと見た感じ、革表紙の本に見える。

「何書いてるんだ？」

邪魔をするのも悪いと思ったが、あまりに黙々と書いていたものだからつい気になって声をかけると、真昼はすぐに顔を上げて不思議そうな表情を見せた。

それから周の視線が真昼の手元あたりをうろついているのを見て「ああ」と納得したような声を上げる。

「これは日記……って言ったらいいのでしょうか。忘れないうちに今日何があったか書き留めておこうと思って」

「おー、真面目《まじめ》というか律儀というか」

何を書いているのかと思えば日記だったようで、確かにそう言われてみれば手元の本の外観がそれらしく思える。

女子高生が好みそうな可愛《かわい》いとか綺麗《きれい》とかいう見かけではなく重厚で頑丈そうなもののあたり真昼らしいとも言えた。

丁寧に扱っているのか目立った傷《いた》みはないが、割かし年季の入ったものにも思える。少なくともここ最近使い始めたようなものではないだろう。

「毎日書いてるの？」

「いえ、そこまで頻繁って訳ではなくて何かあった時に、って感じです。まあ小さい頃からの習慣というか……」

「いいじゃん、その日あった事を記録してたら後から思い出す時にあんな事あったなってなるし」

「良くも悪くも、ですけどね」

周も日記とまではいかないが何かメモするような事があれば、スマホのスケジュールアプリに軽く書き込む事をする。後々思い返してそれが役に立つ事があるからだ。

「まあ、感情や情報の整理にはちょうどいいものだと思ってますよ。ここに記録しておけば、何があったかはすぐに思い出せますからね。周くんと出会った……というか初めて話した時の事も書いてますよ？」

「なんだこいつ、と思ったに一票」

真昼とお互いを認識した上で初めて話したのは傘を手渡したあの日だ。

今思い返せば突っ慳貪《つっけんどん》だし態度は素っ気ないしで当時の第一印象は確実に良いものではなかった、と周自身が思っているので、真昼からしてみればそれに輪にかけたように悪いものだっただろう。

そもそも、本人はあまり言わないが、あの日真昼は母親に辛《つら》く当たられた結果あの公園に一人で居たのだ。傷ついた状態であの素っ気なさで話しかけられたらいい気分がしないのは当然である。

思い返せば思い返すほどもう少し態度はどうにかならなかったのか、と後悔が押し寄せてくるのだが、当の本人は周の顔を見ておかしそうに笑っていた。

「ふふ、否定はしませんけど、そんなに悪い感情ではないですよ。びっくりした、という方が大きかったですし、周くんがクールだったのは学校で見かけた時に何となく知ってました。下心ありで傘を渡してきた感じじゃないのも見えてましたから」

「それならよかった、のかな」

「はい。周くんがああいう態度だったからこそ助かったというか……知らない人が急に優しくしてきたら、逆に怖くないですか？　知らない人間に踏み込まれるの、怖いですし」

「まあ、それはなあ」

あの頃の真昼にとって、他人というのは信用していいものではなかったのだろう。自分の価値と立ち位置を理解しているからこそ、誰《だれ》にも触れられないように一定のラインの線引きをしているようだった。

「結果的にああいう態度が関《かか》わっても大丈夫って確信の積み重ねの土台になった訳ですから、悪い事じゃないですよ」

「それならよかったけどさあ、もう少しやり方とか言いようがあったんじゃないかとは後悔してるよ」

我ながら無愛想だったと反省しているのだが、真昼はおかしそうに笑うばかり。

「周くん、あの時澄ました顔と無愛想さが際立《きわだ》ってましたからね」

「すみませんでした」

「責めてる訳じゃないんですけどねえ」

くすくすと上品に口元に手を添えて囁《ささや》くような柔らかな笑い声をもらす真昼についジト目を送ると、余計に笑みが濃くなるので、周はやってられないとそっぽを向いた。

笑い声は続くものの、それ以上からかうような声は飛んでこなかった。

あの時辛かったのは真昼なのでこれくらいのからかいは別に何ともないのだが、それはそれとしてからかわれるのは面白《おもしろ》くない。

全く、と小さく吐息をこぼして仕返しとばかりに素知らぬ顔で背中を指先で撫でればビクリと体を震わせるのが分かった。

ただそれを咎《とが》める気もないらしく、真昼は一度隣に座っている周の太腿をぺちりと叩《たた》いて仕返しとしたらしい。

そのまま日記帳へ筆を滑らせていくので、もしかしたらさっきの事を書かれるかもしれない。

変な事を書かれて後の真昼にこんな事があったとからかわれそうで複雑なのだが、止める権利もないので周は唇を結んで上機嫌そうに日記帳に書き込んでいく真昼を眺める。

毎日書いている訳ではない、一回に一ページ丸々書いている訳ではない、そしてそこそこにエイジングの進んだ革の装丁、というのは見て分かるので、それなりに前から日記はつけているのだろう。

三分の二程度は進んでいそうなページ数から見ても、長年記録しているように思える。それだけ、真昼の成長と共に過ごしてきたのだ。

「気になるのですか？」

中身は見ないようにしつつも書く姿を眺めていると、視線に気付いたらしい真昼がこてりと首を傾《かし》げた。

「んー、気にならないって言ったら嘘《うそ》になるけど、それは真昼が今まで書き残してきた思い出とか感情だろう。いいものも、悪いものも含めた。人に見られたくないものなら無理に知ろうとは思わないよ」

周は自分でも少し独占欲は強い方だと思っているが、その気持ちだけで相手を束縛する事はあってはならない。

自分の感情を優先するために相手を損なうのは本意ではないし、そもそも何でもかんでも知る事がよい事だとは思わなかった。秘すべきものは秘するのがよいし、話すかどうかは真昼が選ぶ事なのだ。周に選択権はないだろう。

「隠したい事だってあるだろうし、それを俺《おれ》が読む事はよくないと思う。……恋人だからって何でもかんでも詮索するほど野暮《やぼ》でも無神経でもないぞ。秘めておきたい事の一つや二つ、誰にでもあるしな」

「周くんって物分かりよすぎてたまに困ります」

「あのなあ」

何故《なぜ》か呆《あき》れられている気がしてこっちとしては困惑するのだが、その呆れが蔑《さげす》みのものではなく賞賛の方に傾いたものだとも分かっていたので、それ以上文句は言わなかった。

「……俺は真昼本人じゃないから、全部知る事は出来ないし、知らなくてもいいと思ってる。プライバシーもプライベートもあるものです」

「ふふ、分かってますけど……好奇心的に知りたくならないのかな、と」

「……覗き見したいとは思わない。真昼が教えたいって思った事を教えてくれたらそれでいい」

真昼が分かち合いたい事を教えてもらえるだけで十分だ、とあくまで真昼の意思を尊重する姿勢を見せると、真昼は「うーん」と悩む素振りを見せながら日記帳を捲《まく》る。

「教えたい事、と言われると難しいですねえ」

ぺらりぺらりと、細い指先によって真昼の人生を記してきた紙が捲れ、少しだけ今よりも幼さのある丸みを帯びた文字が並んでいるページが現れてはまた隠れていく。

「別に面白い事とか書いてる訳じゃないですからね。日記というか単なる記録というか報告書じみた事になってますし。日記らしい日記となると、中学生の頃ですかね。割と精神的に未熟でしたので嫌な事があった時に脳内で受け流せずに日記に不満を書いた、なんて事もありますよ」

「それ未熟なんだったら当たり散らす人間は赤ちゃんか何かになっちゃうんだけど」

「まあ八つ当たりする時点で、自分の感情の昂《たかぶ》りを収め切れず他人にご機嫌を取ってもらいたいと駄々こねる子供な面があるのは否《いな》めないのでは？」

「辛辣《しんらつ》だがまあそうだな。……気を付けます」

「何でそこで周くんが凹《へこ》むのですか」

「いや、俺もそういう面があるかもしれないと思って」

　周自身としてはあまり怒るタイプでもないしそもそも他人に当たるほど人と関わらないのだが、もしかしたら他人に八つ当たりする面が気付いていないだけであるのかもしれない。

　こういうのは自分では自覚していない事が往々にしてあるので、改めて自分で注意しておく事で今までとこれからの戒めになる、という気持ちだったのだが、真昼は少し考え込むような素振りを見せた。

「……だだこね周くん、いいですね」

「よくない！」

「半分冗談です」

「半分」

「いえ、新鮮で可愛いと思って」

「どう考えても八つ当たりはモラハラだし可愛げもなにもないと思うんだが……」

そもそも自分が駄々をこねて真昼に強く当たっている姿を想像するだけで吐き気がする。これが子供なら可愛いものだが、周の外見は多少幼さは残っているだろうが立派な大人に近いものだ。

そんな人間が思い通りにならないからと喚《わめ》いているのなんて誰も見たくないだろう。真昼は単に周が感情を剝《む》き出しにしている姿が見たいのであろう、周が大人らしからぬ振る舞いをする事を肯定はしていない筈《はず》だ。

「まあさておき、周くんが人に八つ当たりするって事はほぼないと思ってますよ。だって周くん、割と自罰的な人ですし、知らない間に卑下して勝手に凹むじゃないですか」

「う」

「何かあると割と自分が悪かったーって本気で凹んでるタイプですもんね。相手が圧倒的に悪くても基本的に自分の悪い所を気にしてるタイプですし」

「……相手が百悪いって滅多にないだろ」

真昼の言う通り、どちらかと言えば周は自分に原因があるのではないかと思いこんで萎縮《いしゅく》、とまではいかないが大人しくなるタイプだ。

「百悪いはなくても、九割九分九厘相手が悪い時はままありますよ？」

「それはそうだけどな」

「私も同じタイプですけど、周くんよりは割り切ってるつもりですし。自身の振る舞いを省みる事はしますけど、自分に責があるかどうかは客観的に見て、必要以上の謝罪と反省はしません。自責の念に潰《つぶ》されたくないですし」

こういうきっぱりとした割り切りが出来る真昼だからこその立ち振る舞いだと思うので、そこは羨《うらや》ましい限りである。

「まあ、昔の私はもう少し感情の処理の仕方がうまくなかったし可愛げもなかった、という話ですよ。身の振り方が今よりもずっと下手でしたし。本当に、若かったなあっていう感想が出てきますよ」

「可愛げがない、ねえ」

「何でそこで疑いをかけてくるのですか」

「可愛げの塊が何を、と」

本人に自覚はないらしいが、わざとなのではないかと思うくらいに可愛らしい言動を取っているので、周からしてみれば何を言ってるんだ状態である。

天使様の言動は本人が意図的にやっていたので綺麗とか淑《しと》やかとかそういう評価をされて当然だと思っている節が真昼にはあるが、全《すべ》てを取っ払った周と二人きりでただの真昼としての振る舞いは無意識のもの。

稀《まれ》にどこぞの誰かに唆《そそのか》されて煽《あお》るような事をする時はあるものの、他は本人の素《す》。

他の人がやれば狙《ねら》っているのかという可愛らしい仕草や言葉選びも、本人にとっては無自覚、というのが恐ろしいものである。

「可愛げないって言ったのはどこの誰ですか」

「当時の見る目ない俺ですね」

あの節は本当に悪かったし言いすぎたと反省しているので、指摘されるとこちらとしても申し訳なさが浮かんでくる。

「……周くんの言う通り、実際可愛げなかったと思いますけど」

「今の俺があの頃の真昼を見たらものすごく可愛いと思うけど」

「惚《ほ》れた欲目では？」

「欲目抜きでも可愛いと思うけどなあ。ハリネズミみたいで」

誰にも心を許せずに天使の仮面を被《かぶ》って、それとなく人を一定距離以上に近付けさせないようにやんわりと拒んでいた真昼の姿は、こうしてありのままを知る今の周から見ればトゲを無数に生やしたハリネズミのように思える。

天使様スタイルは本人が心身を守るためにしていた処世術なのであーだこーだ言うつもりはないが、今の真昼の油断とデレっぷりを見ていると本当に同一人物なのかと疑いたくなるくらいだ。

馬鹿《ばか》にしたつもりはないしむしろ微笑《ほほえ》ましくて可愛い、くらいに思って頬《ほお》を緩めたのだが、真昼は逆に頬に力と空気を入れてぷくりと風船を拵《こしら》えている。

その、どこか幼い仕草が無性に可愛くてつい「今はリスかな」と付け足したら横腹に控えめなチョップが飛んできた。

べちべちと不満を訴えてくる姿は、やはり愛らしい。

こんな事をするのが周相手だけだと分かっているから、尚更。

「……まあ、結局出会った時よりずっと素直で甘えたがりで寂《さび》しがりな子猫になった訳だ」

「……猫を被れなくなったのに？」

「被らなくなった、だろ」

被る必要がなくなった、というのが正確かもしれない。

周の前で、取り繕う必要はなくなった。周は飾らない自分を受け入れてくれる、という信頼があるからこそ、真昼は柔らかい部分をさらけ出してくれた。

その信頼が、向けられた愛情が、何よりも嬉《うれ》しいのだ。

「……周くんの前では被らなくてもいいです」

「最初からあんまり被ってなかったけどなあ」

「悪かったですね」

「ごめんって」

「……お詫《わ》びに、頭を撫でてくれてもいいのですよ？」

期待するように頭を差し出してくる真昼につい声を上げて笑いそうになりながら、その柔らかそうな髪に掌《てのひら》を触れさせる。

しっかりと手入れのなされた亜麻色の絹糸は指通りがとてもよく、少し指を滑らせるだけで引っかかる事なく通っていく上に何とも言えない爽《さわ》やかながら甘さを残した香りをふわりと漂わせた。

さらさらと音を立てて肩から滑り落ちた髪を梳《す》くように丹念に指を通すにつれて、不満げな顔はどんどん幸福を滲《にじ》ませるように和らぐ。

「これでよろしいですかお嬢様」

「よろしいです」

その言葉通り、ご満悦そうな表情を隠さずに見せてくれる真昼に、尻尾《しっぽ》が生えてブンブンと振っている姿を幻視しても仕方ないだろう。

「猫というか犬というか」

「何か言いましたか」

「なんでもございません」

あまり言いすぎるとまた機嫌を損ねそうなので胸の内にしまい込むようにのみ込み、それから素直に甘えてくる真昼の頭を撫でる。

一応聞かなかった事にしてくれたらしい真昼が、喉《のど》を鳴らしながら周の掌を受け入れながらそっともたれかかってくる。

　その手にはまだ日記帳が存在を主張していた。

「続き、書かなくていいのか？」

「……これが終わった後、改めて周くんに動物扱いされたと書きます」

「それ俺が問題行動してるって後の真昼が思うだろ」

「ふふ、覚えてなかったら何してるんですかって言われちゃいますね」

　書くことは決定事項なのか、日記帳を開いてそっと書きかけの場所をなぞる。

「色々と思い出を作っていきたいですから。今までつけてきた日記のように、したためて糧にしていきたいですもの」

　そうやってまたページを捲って過去に戻っていく真昼は、懐かしげに目を細めながら少し古びたような、やや色褪《いろあ》せたインクで綴られた文字を眺めた。

「……周くんと居なかった時は、やっぱり、こんなに満たされてなかったのが、分かりますね」

　悔いている訳でもなく不満げでもなく辛そうでもなく、ただただ思い返すように懐古するような眼差《まなざ》しと柔らかい声音で告げた真昼は、随分と前に書いたであろうページを開いて静かに瞼を閉じた。

同じようで違うひと

とある日の休日。

日頃使っているシャンプーが切れかけていたので、予備を買いに行くついでに普段通う美容院で毛先と前髪のカットとトリートメントをしてもらった帰り。

休憩がてらカフェに寄ったら、座席の一角に見知った顔を見つけた。

休日だからか人が多く席が空いていなかったので空いている席を探そうとした結果知り合いを見つけたのだが、声をかけるかは悩むところだった。

これが千歳《ちとせ》だったなら気軽に声をかけたのだが――見知った顔の相手は、真昼《まひる》と直接的にはあまり関《かか》わらない相手だったからだ。

（親しい、とは言い切れないいんですよねえ）

彼、優太《ゆうた》との距離感を、真昼は摑《つか》み切れていないままこうしてカフェで目撃してしまったのだ。

正直なところ真昼にとっての優太は周《あまね》や樹《いつき》、千歳の友人、という立ち位置だ。

もちろん会えば普通に話すのだが、自分の友人か、と問われると素直には頷《うなず》き難《がた》い。樹もまだほんのり距離があるので、更にその友人である優太なら尚更だ。

友達の友達、という感じで、悪い人ではないのは分かりつつも親しくなったとも言い切れない、といった風であり、わざわざ外で一方的に見かけた時に話しかけに行くほどの交友はない。

うーん、と困りながら注文の品が乗ったトレイを両手にしながら少し立ち止まっていたものの、周囲の客の邪魔になる事も考えて、躊躇《ためら》いつつも二人がけの席に座って静かに読書していた彼に近寄った。

「門脇《かどわき》さん、こんにちは」

「え、ああ椎名《しいな》さん。こんにちは」

控えめに声をかけたのだが、急に名前を呼ばれた事で驚いたのかやや慌てた様子で顔を上げた。

休日という事で私服を着ている優太は真昼から見てもかなりの美男子であり、顔を上げた事で少し周囲の女性がざわついていた。

驚きの表情を戻してふわりとした笑みを乗せるだけで周囲が黙っていないのだから、彼も大変だろう。

「今日はお買い物?」

「ええ、ちょっと休憩に寄ったら門脇さんを見かけたもので」

手首にかけているショップバッグを少し見せるように揺らせば、優太は納得したように頷く。

「そっか、お疲れ様。正面の席使う？　他空いてなさそうだから」

「ありがとうございます、では相席させていただきますね」

自分でも白々しいし図々しいと感じながらも好意に甘えて、正面の席に腰掛けた。

自分達の学校での影響力を考えると、こういう場で相席するのは少しリスキーだったかもしれない。周囲に同校の生徒が居ないとも限らないのだ。

しかし席は空いてない上にテーブルを見たところまだ空きそうな様子もなかったため、致し方ない判断だった。

トレイを机に置いて一息ついた真昼に、優太は微笑《ほほえ》みながら机に広げていたルーズリーフを自分の元に引き寄せている。参考書とペンケースもあったので、カフェで一人勉強していた、といったところだろう。

「門脇さんは……今日は部活はお休みみたいですね。今はお勉強ですか？」

「うん。家でしようとは思ったんだけど、姉がうるさくてね」

「お姉様が？」

そういえば世間話として優太には姉が居ると周から聞いていたのだが、困り気味に紡《つむ》がれたうるさい、という言葉には目を丸くしてしまう。

家族については知らないが、高校生にしてはかなり落ち着いており気性も穏やかな優太の姉が、優太が困るほどの性格だとはとても想像が出来なかった。

ぱちり、と瞬きを繰り返した真昼に優太も「信じがたいよねえ」と苦笑いしている。

「……同じ女性に話す事じゃないんだけどさ。ほら、男一人で姉が複数居ると、姉に頭が上がらない現象が起きるというか。数で押されて言う事を聞かざるを得ないというか……こき使われちゃうからね」

「まあ。そういうご家庭もあるのですね」

真昼は当然一人っ子——母親が外で子を作っているかもしれないが——であり、姉が居る、という感覚は分からない。

というより、普通の家庭というものをいまいち理解していないので、姉弟がどういう立ち位置で接しているのか分からなかった。序列がある、というような言い回しをされてもピンとこないのだ。

「家庭によるだろうけど、俺《おれ》のところは姉達が気が強いから……」

「ふふ、門脇さんは温厚な方ですしお優しいですから、お姉様方の望みを叶《かな》える方に動いてしまうのでしょうね」

「物は言いようだなあ」

「ポジティブな言い回しの方がよろしいかと思って」

何にせよ優太が困っているのは事実だろうが、そこで姉に対して何か負の感情で同調してもよくないと思い優太を褒める方向で相槌《あいづち》を打つと、微妙に居たたまれなさそうな表情を向けられた。

優太から姉への悪感情は見えないので、彼も嫌っているというほどではないからこれで間違いではなかっただろう。

「まあ、家に居ても何かしらの雑用が降ってくるし、かといって図書館で勉強するほど真面目《まじめ》な気持ちにもならなかったから、程よく息抜き出来るここに来た訳です」

「なるほど」

彼の言い分は理解したのだが、理解し切れない事がある。

「でも、息抜き出来てます？」

ちらりと周囲に視線を向ければ、若い女性達がしきりにこちらに視線を向けてはひそひそと話しているのが見える。

いちいち内容を聞く気にはなれないが、恐らく優太について何か言っているのだろう。

彼も真昼が意図する事は何か察したのか、薄い笑みを浮かべている。

「うーんまあまあかなあ。慣れたものだからね」

「門脇さんも苦労しますね」

「あはは、椎名さんほどじゃないよ」

「それでしたら私も慣れたものですので、とお返ししますよ？」

「お互いに苦労するねえ」

「そうですねえ。困ったものです」

真昼も優太も、こういう点では似た者同士だろう。

言われて苦笑いしてしまうのだが、天使様と王子様、とあだ名で呼ばれる人間であり、見目整った存在だ。

少なくとも不本意ながら異性にちやほやされるし、よく声をかけられたり視線を集めたりする。彼も今の状況を見たところ同じ経験をしているように思う。

違うのは、真昼は敢《あ》えてその振る舞いをしているところで、優太は恐らく素だということだろう。真昼のように裏があるようには思わない。

「椎名さんは、困ったもの、と認識してるんだね？」

「あら、私は何とは申してませんが」

「俺も何とは言ってないからね」

「ふふ」

同じタイプだ、と思っていたが、性格ももしかしたらやや似ている所はあるのかもしれない。

真昼のような腹黒ではないだろうが、何もかも綺麗《きれい》で裏表が全くない人でもなさそうである。

ただ、思慮深いのも事実だろう。真昼がそれ以上踏み込まないでという意思を乗せた微笑みに、彼も穏やかな笑みを見せる。

「まあ、こんな腹の探り合いをしていても安らがないからやめにしようか。それに、椎名さんも色々とお困りなのは事実だろうし、お互いに大変だ、にしておこうか」

「そうですね」

深掘りしてもよい事はない、とあっさり話題を打ち切った優太に少し安堵《あんど》しつつ、やっぱり油断ならないな、という感想を抱いてしまう。

あの、人とコミュニケーションを取るのが好きではない警戒心の高い周と仲良くしているのだから、問題ないと分かっていたし、真昼が普段学校で見ている分には少なくとも人柄としては素晴らしいものだと思っている。

ゴールデンウィークの周とのデートで出くわしても秘密にしてくれていたし、天使様としての色眼鏡《いろめがね》も然程《さほど》なく穏やかに接してくれているので、かなり人の良い人なのだろう。

だというのに、微妙に警戒をしてしまうのは、最早癖《くせ》なのかもしれない。

かつて周に他人が苦手な人だという印象を抱いたが、本当に他人が苦手なのは真昼の方だ。

基本的に他人は信頼するものではない、という事を念頭に、薄く薄く、パーソナルスペースを守るための膜を張りながら天使様として振る舞っているので、どうしても信用し切れないのだろう。

嫌いではなく、よく知らないので得体のしれない存在、という認識だ。

そんな真昼の内心の評価など知らない優太は、普段と同じ柔和な笑顔を浮かべながらこちらを窺《うかが》う。

「椎名さんは、今日白河《しらかわ》さんと出かけたとか？」

「いえ、今日は一人ですよ。千歳さんは赤澤《あかざわ》さんとお約束があるそうですし、毎回一緒という訳でもないですから」

確かに千歳とは同性では一番仲がよいが、常に共に行動しているなんて事はない。彼女は彼女で他の友人もたくさん居るので、その子達と遊んだり彼氏である樹と過ごす事もある。

今日はそもそも事前に千歳の予定を聞いていたので誘ってすらいない。ヘアケア商品の買い出しにわざわざご足労願う訳にもいかないし、恋人との時間を邪魔しては馬に蹴《け》られてしまいそうだ。

「あー樹そんな事言ってたなあ。俺、椎名さんが白河さんと一緒に居るイメージがついちゃってるからさ」

「ふふ、交流するようになってそんなに時間は経《た》ってないんですけどね」

「インパクト強すぎるせいかな？　白河さん、椎名さん見かけると『まひるーん！』って構いにいく感じがあるから」

「確かに。よく構ってもらってます」

人懐っこい千歳にはよくしてもらっているし、千歳からグイグイ来てくれるので周囲にも真昼と千歳は仲が良いという印象がついているのだろう。

長年仲良くしてきたような雰囲気を醸《かも》しているが、彼女と仲良くなったのは今年に入ってからだ。時間的には実はそこまで経過していない。

「仲良しだなーって見てたけどそっか、そんなに時間経ってないいんだもんね。俺、一年のときは白河さんと椎名さん二人共別クラスだったし……いつ頃からなの？」

「直接的な交流が始まったのは年明けくらいですかね」

「あー、半年も経ってないんだね」

「ここまでよくしてくださる事にはとてもありがたい限りですよ」

何故《なぜ》ここまで気に入られたのかは本人としてもさっぱりなのだが、千歳の裏表のない明るく気さくな態度に救われてきた事は何度もある。多少、元気すぎる所もあるが、それも愛嬌《あいきょう》だろう。

「白河さん側が椎名さんの事気に入ってるもんね。よく白河さんからお話を聞くからなあ」

「……千歳さんは何言ってるんですか、もう」

まさか優太にまであれこれ言っているとは思わず、ついここには居ないと分かっていても窘《たしな》めてしまう。

千歳には優太に見せないような姿や言動を見せているので、そのあたりを洩《も》らしていないか非常に心配なのだが、彼の真昼を見る目はいつも通りなので変な事を吹き込んでいないと信じたかった。

後で千歳にそれとなく注意しておこう、と内心で決心しながら大分冷めてきたカフェオレを口にするのだが、優太は穏やかな眼差《まなざ》しでこちらを見つめていた。

「……案外普通に話してくれるものなんだね」

「何がですか？」

口を軽く潤した後に聞き返すと、優太は一度「うーん、なんて言ったらいいのか」と歯切れ悪そうな言葉を紡ぐ。

「いや、自分で言うのも変だけど、椎名さん別に俺と仲いいって訳じゃないでしょ。椎名さんにとって俺って友達の友達くらいだろうし、そういう関係だと割と二人だと困るかなって」

真昼も思っていた事を本人が危惧《きぐ》していたとは思っておらず大きく瞬《まばた》きを繰り返すものの、彼の瞳《ひとみ》が気遣うような、困ったような、はっきりしていないへにゃりとした笑みを浮かべていたので、少し浮いた警戒心を落ち着かせる。

「まあ、全く抵抗がないと言えば嘘《うそ》になりますけど、門脇さんの人柄は十分知ってますから」

「俺を認めてくれてるのはありがたいなあ。てっきり、椎名さんって俺の事苦手なのかと思って」

「苦手？」

「あー、苦手っていうか、関わると厄介事になりそうだから避けておこう、って感じ？」

やはりというか、優太は周囲の評価や視線に敏感であり、聡明な人だった。

自分も優太もお互いに近づかなかったのは、確実に面倒事が起きるから、というのがある。

もちろん興味なかったから、が大きな理由なのだが、関わると面倒そう、という理由もそれなりにあった。

男子に人気な真昼と女子に人気な優太、二人が仲良くなろうものならどちらかに危害が加わる可能性も考えられたし変なやっかみが普段以上に飛んでくる事は想像に難くない。

真昼も周が優太と仲良くしていなかったならこうして相席なんてまず考えられなかった。余計な懸念を増やしたくない故に触らぬ神に祟《たた》りなしと離れている事を選んだだろう。

優太もそれを理解していたからこそ同じように恥ずかしいあだ名をつけられた同士だろうが接触してこなかったのだろう。単に真昼と同じように相手に興味なかった、という方が真昼的には説得力があるが。

「なるほど。そういう点では確かに危惧する事もありますけど、それが門脇さんを人柄面で嫌う理由にはならないでしょうに」

「……それもそうだね」

「お互いに適切な距離を取っていないと妙な憶測が飛ぶ、という点で距離は取っていましたけど、別に門脇さんの事をどうこう思った事はないですよ」

今でも多少警戒しているしなかなか食えない人だな、と思いはしているが、彼の人柄を不快に思ってはいないし、むしろ好ましいタイプの人だとは思っている。

少なくともこうしてお話しする程度には、人嫌いの真昼に受け入れられる人間性だ。

「それはどうもありがとう」

「逆に、門脇さんの方こそ私に苦手意識があるのかと」

「そんな事はないけどなあ」

「それならよいのですけど」

彼も影響力を考えて話しかけてこないのは分かるが、他人の目がない時でも態度はほとんど変わらない。そして微妙にぎこちなさを感じる時があるので、彼側で何かしらこちらへの隔意があるものだと思っていた。

図星を突かれた、という風でもなくただ思ってもない事を言われて困った、という感じの困り眉《まゆ》に、自分の勘違いだったのかと認識を改めて、そっと息を落とす。

「ちなみに、俺とお茶しててもいいの？」

「はい？」

自分もまだまだだな、と嘆息していると、よく分からない問いかけをもらった。

素の声で返してしまって彼の方が驚いていたので、真昼が咳払《せきばら》いして「どういう事ですか」と聴き直すと、優太は先程とは違った困ったような笑みを浮かべる。

「いや、ふじ……あの人の所に早く行か……帰る？　帰らなくてもいいのかと思って」

名前を出さなかったのは周囲への配慮だろう。

ただ、その配慮が出来るならばそもそも聞かないでほしかった。危うく手慰みに触れていたカフェオレをこぼすところだった。

動揺を悟られないように慎重に優太を見上げると、彼は何故か不思議そうな顔をしていた。

「ど、どうしてそういう発想になったのですか」

「え、いつも一緒に居るんでしょ？」

「な、何で」

「いやそれは見ていて分かるというか……あそこまで態度に出てたら、見る人が見ればそうだってすぐ分かるけど。ずっと一緒に居るんだなって」

一応彼には周の家にご飯を作りに行っている事は説明しているし親しい事も理解してもらっているのだが、ずっと一緒に居る、という風に思っているとはこちらとしては想定外だった。

確かに、真昼は周の家に居る。最早自宅がこちらなのではないか、というくらいには入り浸っているし、食事時でなくても周宅で過ごしている。

それを周に拒まれた事はないし普通に受け入れてもらっていたのでこれが当たり前のようになっていたのだが、少し距離のある人から突き付けられた時の衝撃は大きかった。

それから、自分が周に好意を持っていると知られている事も改めて理解を示されて、真昼は呻《うめ》きそうになりながらも何とか普段の表情を取り繕った。実際に取り繕えているかは、さておき。

「……別に、ま、毎日居る訳では」

「割と高頻度だよね。週六くらいで通ってそう」

「否定はしません。そもそも、ご飯代折半してますので、必然的に食事をとる事になるというか」

「当たり前に一緒に居たもんね」

うんうん、としみじみと頷く優太に、最早遠慮などしていられず少しだけ素の表情でジト目を送ってしまう。

「……門脇さんは私に何が言いたいので？」

「え、言いたい事は特にないけど……うーん。強《し》いて言うなら、学校で見るより随分と活き活きしてるな、と」

「仲間内であれば皆そうなるのでは？」

「でも白河さんとはまた違った感じだし」

もう何も言えずに唇を結んだ真昼に、優太は安心させるような柔らかな眼差しでひらりと手を振った。

「別にあれこれ言いたいとかじゃなくてさ。単純に、俺と過ごすよりあの人と過ごした方がいいんじゃないかなって。嫉妬《しっと》されたりしない？」

どうやら一応彼なりに心配して言ってくれたようなのだが、真昼的には心臓に悪いのでやめていただきたいものである。

（……嫉妬なんて）

そもそも、周が真昼の周囲に嫉妬する、という事はない。そもそも本人的な性格の問題もあるし、周は自分のものでないものに対しての嫉妬はしないタイプだろう。

するのは、いつも真昼側だ。

「……分かりやすく嫉妬してくれたら苦労しないんですけど」

「あはは」

「逆に、門脇さん的には嫉妬してくれると思うのですか」

「うーん、話を持ち出しておいて変な話だけど、しないと思うな。俺と外でお茶した事を話した程度でそっか、くらいに流しそうだし」

「……よくお分かりで」

「似たような事あったの？」

「赤澤さんと二人で話した事はありますよ。嫉妬云々《うんぬん》の前に余計な事を言ってないかと疑ってましたけど」

「彼らしいね」

「別に、妬くとかは思ってませんからよいのですけど」

「むしろ椎名さんの方がやきもきしそうだもんね」

どこまでも見透かしたような人に、真昼はやっぱり彼は苦手な部類に入れてもいいのでは……なんて考えてしまった。

普段冷静な割に素直で正直者な周や、いつも剽軽《ひょうきん》に笑いながらも俯瞰《ふかん》しながら立ち回っている樹とはまた違った、思考を笑顔に包み隠している思慮深くて敵に回すと厄介なタイプだ。

樹もなかなかに食えない人ではあるものの、彼は明確な周の味方であるし行動原理が分かりやすいので受け入れやすいのだが、優太の立ち位置を読みきれない。

探るような眼差しを向けてしまうのだが、優太はその視線を受けて眉を下げて笑った。

「ごめん、からかうつもりはなかったんだよ。ただ、椎名さんは彼絡みだと分かりやすいな、と」

「……そこまでですか」

「うん」

間髪入れずに頷かれて堪らず頬《ほお》を押さえ、そっとため息。

「気を付けないといけませんね。まだ、よくないです」

「まだ、ね」

「ええ、まだ」

「早いところ時が訪れるといいね」

真昼が疑《うたぐ》るせいなのか含みのあるものに聞こえてしまうのだが、恐らく本人的には純粋な応援なのだろう。ほのかな胡散臭《うさんくさ》さは自分も他人からすれば抱えているものなので、あまり強く言えない。

それはそれとしてやっぱり彼の思考が読み切れないので、少し目を細めてしまった。

「……本人を目の前にして言うのも失礼ですけど、何考えてるのか分からないと言われた事はありませんか」

「椎名さんもよく言われない？」

「ふふ、陰ではよく言われますよ」

そう、真昼は優太の事をとやかく言える立場ではない。

天使の仮面をつけた真昼は誰《だれ》に対しても優しく丁寧で親切な立ち振る舞いをしている。それが、真昼を面白《おもしろ》くない人間にとっては八方美人だと陰で言われるようなものだとは理解しているが、どうしようもないものだ。

真昼は、別に、悪く言われる事に慣れている。様々な人達から褒められると同時に、妬《ねた》み嫉《そね》み恨みの言葉も受け取ってきていた。

天使様の立ち振る舞いを確立してからそれは裏に回ってしまったが、それでも一人の時は聞こえよがしに言ってくる人間も居なくはない。

優秀であればあるほど、光が強ければ強いほど、濃い影は出来るものだと理解している。

だからこそ、その負の面をどうにかしようとは思わなかったし、どうにかなるものだとも思っていなかった。

もう慣れたし諦《あきら》めている、と表情を変えないまま、言葉にしないまま微笑みにだけ意思を乗せれば、微笑んでいた優太の表情が曇る。

「それを理解してるんだね」

「ええ」

「……何というか、俺より大変だよねえ」

「慣れてますので」

本来慣れてはいけなかったのだろうが、あまりにも当たり前すぎてそれが日常だと思ってしまった。日常になってしまった。

「まあ、お気になさらず。というより、何かされても困りますし」

「火に油を注《そそ》ぐほど、愚かじゃないよ」

「賢明な判断ありがとうございます」

優太も自分の影響力をよく理解した上で留《とど》まってくれて、真昼としては助かっていた。

正義感だけでどうにかなるものだけではないというのを、彼もよく分かっているのだろう。

「辛《つら》くなる前に、ちゃんとあの人に言っておきなよ」

「そうですね、考えておきます」

彼なりに出来るアドバイスをもらったが、余程の事がない限り周を頼るつもりはない。

それでも頼る当てがある事はありがたいし優太も心配しての提言であるのは見えていたので、

真昼は素直に頷いてすっかり冷めてしまったカフェオレを飲み干した。

優太と別れてから少し追加の買い物を終えた頃には、夕方になっていた。

家に帰る、正しく言うと周宅に戻ってきた真昼は、周がせっせと夕飯の準備に取り掛かっているのを見てじんわり胸に温《ぬく》もりが宿るのを感じた。

真昼の残していたレシピを見ながら一生懸命に野菜の下処理を行っている周は、どうやら真昼の帰宅には気付いていないようで一人忙しそうにキッチンをうろうろしている。

最近はしっかりと着こなしてきたエプロンをはためかせながら計量したりレシピとにらめっこしたりしている姿を見て、どうしようもない愛《いと》おしさが口元を緩めてしまう。

「ただいま帰りました」

大真面目に作業している周に声をかけると、分かりやすくびくりと体を震わせている。

視線がそろりとこちらを向くので、交わった瞬間ににっこりと微笑んでみせれば周は申し訳なさそうに眉を下げた。

「あ、お帰り。ごめん集中してて気付かなかった」

「でしょうねえ。見ていて分かりますよ」

咎《とが》めるつもりは一切《いっさい》ない、というか周が自発的に料理している事が微笑ましくてむしろ楽しいし嬉《うれ》しい、という気持ちで満たされている。

「別に私が帰るまで待てばよかったのに。もうすぐ帰るってメッセージ送ってましたよ?」

「スマホ見てなかったごめん。でも、俺が先にやっておいたら真昼が楽になるだろ?」

今日のは食材の漬け込みがあったから時間がかかったろうし、と笑った周に、何とも言えない擽《くすぐ》ったさと嬉しさがこみ上げてくる。

最初は全部真昼任せだったのにお手伝いしてくれるようになって、それからこうして自分で考えて自ら料理をするようになっている周の成長っぷりは凄《すさ》まじい。半年ほど前の彼に見せたら腰を抜かすだろう。

お出かけを楽しめるように、と最大限配慮してくれている周に「ありがとうございます」と柔らかく告げると、周は「それはいつもこっち側の台詞《せりふ》なんだよなあ」とおかしそうにしている。

そういう所も好きなんですよねえ、としみじみしつつ戦利品をソファに置き、髪を束《たば》ねながら周の居るキッチンに戻ると、周は何故かこちらをじっと見ていた。

「どうかしましたか?」

「いや、今日はいつもより髪がさらさらだな。いやいっつもさらさらなんだけど、特別つやつやしてるというか」

「……私、周くんに行き先伝えましたか?」

買い物に出かけてくる、とは伝えたものの美容院に行く事は言っていなかった筈《はず》だ。

美容院に行くなら髪に変化があったのだと分かるだろうが、聞いていなければ余程注視していないと気付かないものだ。

真昼は普段からお手入れを欠かしていないので、美容院でのケアで劇的に変わるものではない。普段よりも髪の質がよくなっているが、どちらかといえば触り心地の方の改善である。

「え？　いや詮索するのも悪いし細かくは聞いてない筈だけど。単に、こう、結んでる時にいつもよりまとまりがあったというか、つるんとしてて綺麗だなって」

「よく見てますよねえ、ほんと」

「……あ、美容院行ったのか。なるほど」

髪質がよくなった事を肯定したからか今日の行き先を理解したらしく「綺麗になってる」と気負わず褒めてくれて、真昼は視線を逸《そ》らしながら「ありがとうございます」とまた小さくお礼を言った。

特に真昼の表情の変化に気付いた様子のない周は冷蔵庫に留めてあるレシピを見ながら「俺もそろそろ行こうかな」と笑っている。

何気ない気付きを口にしてくれる周に感心すればいいのかこれだから周は、と文句を言えばいいのか微妙なところで、真昼は口をもごりと奇妙に波打たせながらも手を洗って周の隣に並んだ。

すっかり料理も板についた周が下拵《したごしら》えを完璧《かんぺき》にこなしている事に軽く感動しながら、真昼は次の手順を確認して冷蔵庫を覗《のぞ》いた。

「おでかけ楽しかった？」

隣からそっと降ってくる問いかけに、真昼は小さく笑う。

「はい、たまには一人で出歩くのもよいですね」

「そりゃよかった。最近真昼はあんまりお出かけとかしてなかったみたいだからさ」

「まあ私って本質的にはインドア派なので、用事がないと出かけないいんですよねえ。用事を見つけに出かけるエネルギーがあんまりないというか」

「はは、分かる。俺も意味なく出かけないからなあ」

「おうちで映画見たりゲームする方が好きですもんね、周くん」

「そうそう、まったり派」

彼は真昼より強めのインドア派であるが、休みは引きこもるかといえばそうでもなく、樹達と遊んだりトレーニングで走りに行ったりしている。

彼らと体を動かす遊びもそれなりにしているそうなので、根っからのインドア派というわけではない。

「そういえば今日、門脇さんと会いましたよ。少しお話ししてきました」

「そっか。部活今日ないからなあ。門脇何やってたの？」

「……ほんと、よくお分かりで」

今の言葉は、目の前の周に向けたものではない。

『話を持ち出しておいて変な話だけど、しないと思うな。俺と外でお茶した事を話した程度でそっか、くらいに流しそうだし』

カフェでの言葉を思い出して、まさに今その言葉通りの反応をされて、何だか微妙に悔しかった。

「え、何?」

「いえ。たまたまカフェで勉強してたところに出くわして相席しただけですよ。家に帰ると姉にこき使われるー、だそうです」

「はは、強烈らしいからなあ。あの門脇が言うくらいだからすごいんだろうな」

友人である周は真昼より優太の情報を知っているものの、実際に会った事はないらしく想像して楽しそうに笑っている。

「……どうかしたか?」

考え込む真昼に、周も気付いたのか心配そうな声をかけてきたので、ゆるりと首を振る。

「……なんというか、門脇さんって割と油断ならない人だな、と」

「門脇が何かしたのか」

「いえ、こう、似たタイプ故に……二人だと妙な緊張感があるというか……」

まさか優太にずるいなんて感情を抱いた、とはとても言えずに若干ぼかしつつも今日感じた事を柔らかくして告げると、周も何となく納得したらしく「あー。腹の探り合い的な」と理解を示していた。

「お互いに立場があるので、やっぱり無意識にしてしまって怖いですね」

「まあ分かるけど、門脇はいいやつだぞ？」

「分かってますよ？　ただ、無条件にいい人って怖いので。メリットもない事をする人って報酬ありきで動く人より接しにくいんですよね」

彼は、間違いなく善人である。

多少お腹《なか》の中の色を確認したくなるタイプではあるものの、それが濁った色づき方でない事は察しているし、読めないタイプではあるがいい人であるのだろう。

ただ、人を深く受け入れない生活をしてきた真昼としては、全幅の信頼を置ける、とまではいかない。

思慮深く人柄が優れているのは分かってるし善意で周との仲を応援してくれているのだろうが、裏があるのかも分からないのに裏を読もうとしてしまうのだ。

「言わんとする事は分かるけど、別にそこまで警戒するような事でもないと思うけどなあ」

「それも分かってるんですけどね」

それでも警戒してしまうのが真昼の性《さが》なのだ。

「まあ、別に苦手だったら無理に関わる事ないと思うけどなあ。俺もちょっと気を付けた方がいいかな」

「いいえ、嫌だという意味で苦手という訳ではないですよ。ただ」

「ただ？」

「……ちょっと、思うところはあります」

優太の周への理解度が高い事が、何故だか少し、もやもやしてしまう。

真昼が知る限り積極的に優太と関わるようになったのは新学期なので、この短い期間で正確な周像を持っている事に驚くし、自分のものでないと分かっているのに周の理解者の座を取られそうな気がして、落ち着かないのだ。

「悪い感情？」

「悪いというか……こちらが身勝手に思ってるだけです。嫌いとかそういうものじゃないですよ」

「そっか。まあ相性はあるから仕方ないな」

「だって……なんか、こう。門脇さんって何気に周くんの事よく分かってるんですよね……」

「そうか？」

「そうです」

「……何で拗《す》ねてんの」

「拗ねてません」

決して優太にやきもちをやいた訳ではない。

そう自分に言い聞かせて予《あらかじ》め周が量ってくれていたらしい合わせ調味料を鍋に入れた真昼に、周は不思議そうに首を傾《かし》げるのであった。

努力は一日にしてならず

周《あまね》から見た真昼《まひる》は、自分に妥協を許さない努力家だった。

真昼の事をよく知らない人間からすれば一を聞いて十を知る天才肌タイプだと思われがちだが、周からすれば才能を持った上で更に努力を重ねて知識と経験を身に付ける秀才タイプにしか見えない。

知識に限らず、運動能力や美容、家事能力全《すべ》てにおいて、真昼は努力の末に身に付けたものであって、生半可な努力で得たものではないと、周は知っていた。

「……真昼って努力家だよなあ」

英語のリスニング教材を聞きながら軽めのダンベルを交互に上げ下げしていた真昼を見てしみじみ呟《つぶや》くと、集中していたかと思いきや聞こえていたらしい真昼はちらりとこちらに視線を向けた。

その間にもダンベルによる筋トレは続いている。あのほっそりしつつも柔らかさもある二の腕は、こういう運動によって保たれているのだろう。

「そう見えているならありがたい……のですかね？」

「なんで疑問形？」

「いえ、隠れて努力する事を美徳という方もいらっしゃるので」

思い切り周くんの目の前でやってますからね、と笑いながら一度音声の再生をやめた真昼に、周は信じられないと真昼を見やる。

「えー。頑張ってるところを見せて何が悪いんだよ」

「やってるアピールしてるのでしょう、的なものでは？」

「見せ付けるのはちょっと困るかもしれないけど、普通に努力している分には何も問題ないだろ。多分そういうのを美徳とする人って、結果だけ見せたところで成果を軽んじるぞ。それが出来るのは当たり前ってな」

簡単にやってのけたから苦労していないだろう、とその人が身に付けるまでにかけた労力も時間も金銭も何もかも蔑《ないがし》ろにしてしまう、というのは悲しいが世の中にはよくある事だ。

「まあ私は隠れてしているというよりは普通に家でやってる分には人に見られる事はないですからねえ」

あっさりとした言葉に続けて五十、と数字を呟いてカーペットにダンベルを下ろした真昼は、自分の二の腕に触れて軽く調子を確かめている。

言葉通り、真昼は家……といっても周の家だが、家の中で努力をしており、この姿は周以外の誰《だれ》も知らない。知らないから、軽んじられる。

それを気にした様子がないのは、真昼が非常に寛容だからか、あまりに言われ慣れてしまったからなのか。

「学校では真面目《まじめ》ではいますけど、勉強一辺倒って感じでもないので、まあ勉強が出来るのは才能のように思われてる節はありますね」

「才能っちゃ才能かもしれないけど、結局努力で花開いたもんだしなあ。そもそも真昼は努力の桁《けた》が違うというか……見ててよくやるなって思うし」

「習慣付くと当たり前になって精神的な負担が少なく感じるんですよね。それに、努力の分成果として表れる、っていうのは恵まれた事だと自覚してますし、まあ人から見れば才能になる訳ですから、生かせるなら生かしたいですもの」

気に病む事も気負う事もなく、あるがままを受け入れるように実にさっぱりとした口調で自分を評価して受け止めつつ努力を重ねる真昼は、実に凛《りん》とした姿で見惚《みほ》れてしまいそうになるくらいに堂々としていた。

「そもそも、元々はいい子になるための努力だったんですけど、今はそういった目的よりも単純な自分磨きとして努力してますからねえ。存外肉体的にも精神的にも苦だと思ってませんよ」

「これ以上にないくらいに頑張ってるよなあ、ほんと」

「まあ、これからのためですから」

「……これから？」

「ええ、これから」

美しい笑みを浮かべた真昼は、真《ま》っ直《す》ぐに周の瞳《ひとみ》を覗《のぞ》き込んだ。

「周くん、人は必ず老いるものですよ」

「え、いきなり何だ」

全く想像していなかった切り込みから入ったので訳が分からずうろたえた周だが、真昼は気に留めた様子はなくそのまま続ける。

「人は、老います。美しく咲き誇った花がやがて枯れるように、人は年齢を重ねるごとに若い時の身体能力や美貌は損なわれていきます」

それは、当然の摂理だ。

生きているものは必要な時間に差はあれど老い、死に向かっていく。肉体の最盛期を過ぎれば歳《とし》を重ねれば重ねるほど、体の機能は衰えていくし容色も褪《あ》せていく。

「周くん。私、容姿は優れていて可愛《かわい》いでしょう?」

にっこり、という言葉が相応《ふさわ》しい愛嬌《あいきょう》と自信に満ちた微笑《ほほえ》みは、誰が見ても本人の問いかけ通り可愛らしいものに映るだろう。

言葉だけ聞けば自信過剰だと取られそうなその発言の何処《どこ》にも嫌味すら感じさせないのは、本当に彼女の容姿が整っていて、なおかつ頭のてっぺんから爪先に至るまで全て努力で形成されていると理解しているからだ。

絹のように柔らかく艶《つや》めいた亜麻色の髪は真昼がいつも気遣って絡《から》まないように梳《と》かしていて、シャンプーやトリートメント、コンディショナーを何種類か使い分けているそうだ。肌も基礎化粧品に拘《こだわ》ってこまめな保湿を欠かさないようにしているのを知っているし、栄養バランスを考えた食事で内側から肌質をコントロールしているのも分かっている。

無駄のない引き締まりつつも女性らしい体つきは食事量と運動量を調整した上で成り立っているのも、知っている。

側《そば》で過ごしているからこそ、真昼が自分の容姿に手間ひまかけているのも知っているし、過程を見てきているからこそ、真昼の言葉には多大な説得力を感じるのだろう。

「すごく可愛いよ。努力の成果だと思う」

真昼は元々の顔立ちが整っており、そこは遺伝によるもので彼女の努力ではないのかもしれない。

ただ、その遺伝だけでは片付けられないほどに、磨き続けなければ出てこない美しさを持っているし、周は真昼の努力を誰よりも知っていた。

どう褒めようか少し悩んだ後に心を込めて語りかけると、真昼のその笑みには照れが混じって更に柔らかいものになる。

「ありがとうございます。いっぱい頑張っていますからね」

「知ってるよ、いつも頑張ってるの」

真昼の隣に居る事が多くなってきて、その努力を知る事が出来た。

はにかんでいる真昼は周に褒められた事が恥ずかしかったのかうっすらと頬《ほお》を赤らめていたものの、こほん、と咳払《せきばら》いして気を取り直したように続ける。

「でも、この可愛さって今の年齢だけのものです。基本的には若い方が好まれますからね」

「言わんとする事は分かるけどさ」

「もちろんすぐに衰えないように気を付けていきますけど、やがては老いるものですから。そんな不確かなものに頼る……容姿や愛嬌だけで渡っていけるほど、世の中甘くはないと思います」

なかなかにシビアな考え方を持つ真昼はそっとため息を落としてこちらを見る。

「仮に出来たとしても、私はしたいとは思いませんよ。リスキーすぎます。恨みを買いかねないですからね」

「あー……まあ好んで危ない橋を渡りたくないよな」

「ただでさえ現状この立ち位置でもまあまあ嫉妬《しっと》されるので、それに輪をかけたものを浴びるって嫌すぎます。そもそも表面だけを見た人にちやほやされても煩《わずら》わしいだけですし」

基本的に真昼は美人な事を鼻にかけたり押し出したりしていないものの、やはり男性からの好意を浴びる真昼を妬《ねた》む人はいる。

真昼の天使様としての振る舞いと能力の高さ、社交的な態度からそれが表立って向けられていないし攻撃もされていないが、真昼が容姿を利用して振る舞いだしたら、どうなるかは火を見るよりも明らかだろう。

　見ず知らずの他人に構われるのを苦手とする本人の性格上絶対ないだろうが、そうなった場合確実に女性側も男性側も争いが起きる。

　本人もそれを分かっているらしく、想像したようでげんなりとした表情を浮かべていた。

「……まあ、つまり内面や能力を磨く事も大切、という事ですよ。将来的に顔が良くても何も取り柄《え》がないとか社会人として役に立たないとか、そういう評価を下される事は避けたいですからね」

　かなり現実的な見解で締めくくった真昼は、あまりにしっかりしすぎて戸惑っている周に静かな笑みを向ける。

「年老いて美しさが剝《は》がれ落ちた時に内側から滲《にじ》み出てくるものが、その人の生きてきた歴史だと思いますし、本質なのだと思ってます。私は、自分に恥じない生き方をしたいのですよ」

「絶対高校生の考え方じゃないんだよなあ」

「ふふ。昔からこんな感じですし、小雪《こゆき》さん仕込みですので」

　今度はいたずらっぽく笑った真昼に小雪は何者なんだという突っ込みを入れたくなったものの、今の真昼の人格形成の元になったであろう小雪の教えが真昼の指針になっている事は確かだ。

恐らく真昼の事を心配して先に現実を突きつけたのだろう、とは思う。

あまりにシビアな現実を教える事が正解だったのか、周には分からない。

ただ、幼かった真昼が未来に絶望せずに強く生きていこうと努力出来る性格と思考になっているのは、小雪のお陰だろう。

「まあ小難しい事言ってますけど、中身を伴った人間になりたい、という話です。表面だけ取り繕って何も考えずに生きていたら人生折り返し地点あたりで人生に絶望しそうですので」

「言いたい事は分かったけどよくそこまで考えるというか」

人生二回目なのではないか、とありえない想像をしてしまうくらいに先を見てきたような物言いをする真昼に感心と自分はそこまで考えられなかったなと自己嫌悪する周に、真昼は微《かす》かに眉尻《まゆじり》を下げて微笑む。

「呆《あき》れたり引いたりしましたか？　自分でも性格悪いなとは思ってますけど」

「いやそういう訳じゃないんだけどさ。俺《おれ》はそんな先まで考えてないから。ちょっと情けなくなったというか」

「何でそこで情けなくなるんですか」

「今の俺のために努力はするけどそこまで先を見据えた努力とかは考えてなかったな－、って」

周も努力はしているが、真昼ほど徹底的な訳ではないし特に明確な目標がある訳でもない。

真昼の隣に胸を張って居られるように、という気持ちで始めたものである。

もちろん周なりに努力はしているし成果も表れてはいるが、努力量を考えれば彼女ほどの労力はかかっていないし、そこまでシビアな目標設定もしていないので、比較するのもおこがましく思えた。

卑屈になるのはやめろと言われていて気を付けてはいるが、やはり、真昼の頑張りを近くで見ているからこその、差に失望してしまうのだ。

「何でそこで比べちゃうのですかねえ」

「ごめん」

「どこに謝る必要が？　今の自分のために努力する事は偉い事ですよ？　そもそも、努力は積み重ねであるのですから。今のための努力がこれから先に繋《つな》がるものです。今頑張ってる事を自分で認めないと駄目ですよ、もう」

ぺちぺち、と頰を指の腹でつついてくる真昼は、仕方ないなあという苦笑と嗜《たしな》めるような眼差《まなざ》しをこちらに向けていて。

「……うん」

「周くんはほんとに自信がないですよねえ」

「し、仕方ないだろ。その、ちゃんと自分と向き合えてるか分からないし……」

「周くんは自分がここが駄目だと思ったから今努力をしているのですよね？　それは自分と向き合ってる証拠なのでは？」

「そうだといいな……うわっ」

素直に頷《うなず》けない周を見兼ねてか、真昼は周の両頬に手を添えて、遠慮なく指で頬肉を挟んだ。

元々あまり脂肪がない周とはいえ、摘める肉自体はある。ただ女性である真昼のものよりは硬いので真昼ほど伸びはしないが、言葉が呂律《ろれつ》が回らなくなったかのようなものになる程度には引き伸ばされていた。

「ひょ、あのなあ」

「……これ以上認めないなら、認めるまで頬むにむにの刑ですからね」

「わ、わはったよ……」

「よろしい」

満足気に頷きつつも離す気はなさそうな真昼に、周はじとりと視線を向ける。

「……はなひてくれ」

「……もうちょっと駄目です？」

「だめれす」

「むぅ」

何故《なぜ》か周の頬に一つねり一揉《も》みのコンボを決めた真昼が名残《なごり》惜しげに手を離してくれたので、周は若干先程よりも可動域が広くなった気がする頬を押さえる。

痛くはないが、多少変な感覚がある。

やっぱり何故か物欲しげに見られていたのだが周が「あのなあ」と窘めるとすぐにその視線は止《や》んだ。

何だかんだ真昼は周に触れるのが好きなのか、周をからかうのが好きなのか、時たま周に触れて楽しげにスキンシップを図ってくるから、される側としてはなかなかに落ち着かないものだった。

ようやく頰の違和感といつもより脈打つ間隔の早かった心臓が落ち着いてきたので改めて真昼に向き直ると、彼女は先程までのいたずらっぽい姿は影を潜め、穏やかで包み込むような柔らかな微笑みを湛えていた。

「……周くんは、頑張ってますよ」

浮かべた表情よりもずっと穏やかで慈しむような声が、するりと周の耳に入り込む。

「駄目な所がないとは言いませんけど、自覚して、改善しようとしています。その在り方に文句をつける人が居たなら、私が成敗してくれます」

「真昼が手を汚さなくてもよろしい」

「あら、ちゃんと言葉でしますよ？」

「口が汚れます」

「汚い言葉で罵《ののし》るほどに品性は捨てていませんからご安心を」

「間に合ってますー」

にこ、と完璧《かんぺき》な微笑を浮かべている真昼は、どこからどう見ても争いが嫌いな雰囲気を醸《かも》しておきながら有言実行するタイプだ。

やると言ったら確実にやるタイプなので、止めなければにこやかな笑顔で相手が降参するまで正論で追い詰める事が見えている。自分の事には全く怒らないくせに周の事は我が身のように、いや我が身以上に怒るのだから、周としては喜べばいいのか困ればいいのか。

とりあえず文句云々《うんぬん》は仮定の話なので今怒る事でもないと止めた周は、ちょっと物足りなそうにしている真昼の頭をわしわしと撫《な》でて気を逸《そ》らす事にした。

真昼も自分が撫でられると負の感情が振り落とされると分かっているのか多少抵抗はあったものの、結局頭が撫でられる事が好きらしい真昼は大人しく周の掌《てのひら》を受け入れている。

しばらく宥《なだ》めるように掌で真昼の架空の相手への怒りゲージを下げていると、真昼は「別に怒ってる訳じゃないのに」とこぼしていた。

その様子が拗《す》ねた子供のように見えてしまったのは、周のせいではない。

すっかり大人しくなった真昼から手を離すとまた名残惜しそうな顔をされたが、あまり触れ続けるのもよくないので敢《あ》えてスルーしておく。

「……別に、俺は、万人に認められたい、とかじゃないんだよな」

「そうなのですか？」

「いや、周りに認められたいって思いももちろんあるけどさ。……自分に、納得させたい、というか。自分が自分を誇れるようにならないといけないなって」

そもそもの話として、周は不特定多数の人間に自分の存在を認めさせたい訳ではない。周が望むのは、真昼の隣に立つに相応《ふさわ》しい自分であって、他人よりも自分との戦いだ。自分の理想と現実への差に苦しむ事はあっても、他者からの評価に苦しむ事はない。

誰よりも納得させたいのは、自分であり、他人ではない。

他人から変わったと認めてもらえるのは嬉《うれ》しいが、それが目的ではないのだ。

「……そうですか。じゃあ、周くんが納得出来る成果が出るように見守ってますね」

「頑張るよ。自分のために」

きっぱりとそう告げた周に真昼は軽く瞠目《どうもく》した後、ほんのりと頬を染めながらも頷いて「応援してます」と囁《ささや》き声で周の背中を押すように笑った。

幼い頃の儚い夢と残骸

とっとっとっ、と一定のリズムで小気味よい音が響くダイニングで、真昼《まひる》は温かい気持ちになりながら宿題を解いていた。

基本的に真昼は宿題を自室でするが、小雪《こゆき》が来る日は小雪が料理する音を聞きながらダイニングで宿題をする事が多かった。

正直宿題なんて真昼は簡単に済ませてしまえるのだが、こうして台所から響く包丁の音、じゅわっと食材を焼く音、ことことと食材が煮える音、調理が進むに従って漂ってくる良い香りを感じながらゆっくりと宿題をする事が心地よく、何よりも好きだった。

それに、ここでなら、小雪が真昼が頑張っているところを見てくれて、褒めてくれると、知っていたから。

真昼は小雪が時折こちらを確認してくるのを感じながら、上機嫌で宿題を解いていく。

ゆっくりゆっくり、彼女の手がその料理を作り上げるまで、ゆっくりと。

お腹《なか》が空《す》いているのに、この時間は楽しいしもっと続けばよいと思う。それだけ、小雪が居る時間が延びるのだから。

「お嬢様、出来ましたよ」

「はぁい」

しばらくすれば、待ちに待った小雪の声が聞こえて、真昼は弾んだ声を上げて急いで机の上にあるノートを閉じた。

最後の方は終わるのを遅らせようとしても終わってしまうのでやっている振りという褒められた行為ではない事をしていたが、終わっているのだから問題ないだろうと真昼はひっそりと笑う。

きちんと片付けないと料理を並べる小雪に窘《たしな》められるので、消しカスは丁寧に拾い集めてゴミ箱に捨て、漢字を書き連ねたノートと算数のプリントをまとめてからリビングのテーブルに置く。

それから笑顔でキッチンに入ると、ふんわりとした微笑《ほほえ》みを湛《たた》えた小雪がエプロンを脱いでいるところだった。

「今日も宿題頑張りましたね」

「はい」

やはり、真昼の事を見ていたのだろう。

家事代行と家庭教師を両立する彼女は、おっとりとした笑顔のまま「手を洗ってきてくださいね、私は料理を並べておきますから」とエプロンを畳みながら真昼に囁《ささや》くので、真昼は一も二もなく頷《うなず》いてシンクに近づく。

背伸びしながらシンクで手を洗いつつダイニングテーブルに並べられていく料理の数々をちらっと見て、頬《ほお》を緩めた。

今日はどうやら和食のようだ。

真昼の周りではあまり和食の評判は良くないが、真昼にとっては好きな味だ。洋食も好きではあるのだが、安心するという点では和食の方が落ち着いた味でほっとする。

小雪曰《いわ》く「子供のうちから色々な味を知って味覚を鍛えておきましょうね」との事で様々な料理が出されるが、一番好みだったのが和食という事だ。

手をきっちりと洗った真昼が食卓につくと、小雪はその正面に座る。

小雪の分は、ない。

一度でもいいから一緒にご飯を食べたいと思っているものの、小雪はあくまで『ハウスキーパー』であり、家族ではない。

小雪が控えめに申し訳なさそうに断るため、真昼は食べる事に感じては一人だった。

(いっしょにたべたいのに)

けれど、わがままを言っては小雪を困らせると分かっていたので、その願いを口に出す事はなかった。

こっそりとため息をつきながら、テーブルの上に並んだ料理を眺める。

本日はいつものご飯とお味噌汁に出汁巻き卵、鶏肉と野菜の煮物にほうれん草の胡麻和《ごまあ》えときっちり和食で揃《そろ》えられている。

「おいしそう」

「今日も腕によりをかけましたからね。冷めないうちに召し上がってください」

「はい」

頷いて手を合わせ「いただきます」とお行儀よく唱えてから、真昼はそっとお味噌汁を口にする。

温かくてじんわりと内側に染み込んでくる、ほっとする柔らかい味は、真昼が一番好きな味だ。これを飲むとぽかぽかと内側から温《あたた》まっていく感覚がして、幸せな気分になれる。

真昼が美味《おい》しさに黙ってもぐもぐと少しずつ口に運ぶと、小雪はにこにこと微笑ましそうに見守っていた。


「なんで、小雪さんは、こんなにりょうりが上手なんですか？」

食べ終えて食器を片付ける小雪を手伝いながら、真昼は思った事を口にした。

小雪の料理は非常に美味しい。給食と比べるのは悪いと思いつつ、給食よりもずっと真昼の好みにあったものを作ってくれていて真昼は不思議に思ったのだ。

「そうですねえ、私はお嬢様の何倍も生きてきましたし、娘達にご飯を毎日作ってきましたからね。子供の母親やってると自然と上手《うま》くもなりますよ」

「じゃあ、私のお母さまも、りょうり、うまいのですか？」

単なる疑問だったのだが、途端に小雪は笑みを強張《こわば》らせた。

だが、すぐにいつもの穏やかで表情に戻って、優しげな眼差《まなざ》しを真昼に向けた。

「……小夜《さよ》様は、どうでしょうね。何でもそつなくこなす方ではありますけど、している姿は見た事がないですから」

「そう、ですか」

小雪も見た事がないなら仕方ないと、真昼もすぐに引き下がった。

（一度でいいからたべてみたかった）

ほとんど顔も見せない、無口で忙しくあちこちを飛び回っている母親。

普通の家庭のほとんどは両親のどちらかが料理を作ると聞いた時の真昼は、驚きを隠せなかった。

ハウスキーパーが当たり前でない事も、真昼が物心ついてから少しして気付いたのだ。

「お嬢様は、小夜様の作った料理の方がいいですか？」

小雪の問いかけに、真昼は首を横に振った。

「お母さま、かえってこないし……こまらせるのは、やです」

真昼が母親の姿を見かけたのは、数えるほどしかなかった。

年に一回か二回姿を見る程度で、見たとしてもこちらに振り向く事なく何かをしてまた家から出ていってしまう。

父親は母親より仕事で忙しいらしく帰ってきても、こちらから目を逸《そ》らしてまた出て行く。

生活自体は物心ついた時には小雪が世話をしていたし、生きていけるようには手配されていたらしく困った事はない。

ただ、寂《さび》しいという感情だけが募るだけで。

両親に見放されている真昼が、母親の料理を食べたいと言ったところで叶《かな》う筈《はず》がないと真昼本人も分かっていたし、拒まれるのも怖くて頼めなどしなかった。

ゆるやかに髪を波立たせながら首を振った真昼に、小雪は眉尻《まゆじり》を下げて困ったように八の字を描かせている。

「えと、小雪さんのおりょうり、すきです。まいにちおいしいですし、うれしいです。だから、いいです」

小雪を悲しませたい訳ではなく、慌てて首を振って笑顔を見せると、小雪は更に表情を暗くしてしまって、真昼にはどうしたらいいのか分からなかった。

ただすぐにその表情はかき消えて、小雪はいつもの笑顔を取り戻す。

変化に驚く真昼には、小雪が今何を考えているのかは、分からない。

分かるのは、小雪が真昼を安心させようと柔らかい笑みを浮かべた事だけだ。

「ありがとうございます。お嬢様にそう言っていただけて嬉《うれ》しいですよ」

「えっと、おせじ？　じゃないです、ほんとにおいしいです」

「ええ、お嬢様はいつも美味しそうに召し上がるから、それは分かっていますよ」

「よかった」

小雪の作る料理は心の底から美味しいと思っているので、嘘《うそ》だと勘違いされては困る。いつもと同じ笑顔を取り戻した小雪にほっとしながら小雪が夕飯の残りをタッパーに詰めているのを見つめた。

夕食の残りはこうしてタッパーに入れて、真昼の翌日の朝ご飯になる。流石に朝早くから小雪がこの家に来て家事をする事は出来ないので、こうして小雪が翌日の分まで用意してくれているのだ。

お陰で朝ご飯に困る事はないが、やはり毎朝一人で食事をとるのも寂しいものである。わがままなんて言えないので、真昼は毎日感じる虚《むな》しさをのみ込んで内側に留《とど》めた。

「そうだ。今度、お嬢様も一緒に料理を作りましょうか」

翌朝の用意をこなした小雪は、真昼がじっと料理を見つめている姿を見て、優しく切り出した。

基本的に危ないから火元には近づかないようにと厳命されている真昼からしてみれば小雪の提案が意外も意外で、ついまんまるな瞳《ひとみ》を更に丸くして彼女を見上げてしまう。

「いいんですか?」

「はい。私が居て私が見ている時、という約束を守れるなら」

「ま、まもります!」

それくらい、簡単な約束だった。

約束を破ったら小雪が怒って何処《どこ》かに行ってしまうかもしれないので、真昼から約束を破るつもりはない。それに、小雪に教えてもらえるから嬉しいのであって、自分でやっても嬉しくない気がした。

「よろしい。お嬢様がお料理を覚えたら、これから先に困る事は少なくなりますから」

「困る……?」

「ええと、例えばですけど、お嬢様が大きくなって一人で住む事になった時とか」

「今も一人ですよ?」

「……大人になって、自分の力で生きていく時に、です。お料理出来なかったら、お嬢様は、ご飯どうします?」

「……おなかすきます」

「そうですね。お腹空いちゃいますね。じゃあどうしますか?」

「んと、かう……?」

自分で料理が出来ないなら、外で食事をするか買って帰る、小雪みたいな人を雇う、という手段くらいしか思い付かない。

「お外で買うのもいいですが、好きなお料理が売ってないかもしれません。好きな料理が食べたい時、どうしますか？」

「……作らないと、だめ？」

「そうです。お嬢様、好きなものたくさんありますよね。自分で作れるようになったら、毎日楽しいと思いませんか？」

「おもいます！」

今の真昼には自分が料理を上手に作る姿は想像出来なかったが、小雪が教えてくれるなら身に付くだろう、という確信もある。

小雪のように色々な料理を作れるようになったら、きっと楽しいだろう。

毎日色々なものを作ってもらっている真昼が食事をとても楽しみにしているのだから、それが自分で出来るようになれば楽しさも増える。

素直にそう思った真昼が小雪に元気よく返事をすると、小雪も安心したのか柔和な微笑みを浮かべた。

「よかった、お嬢様もお料理に目を向けてくれて。私が教えられるものであれば何でも教えますよ」

「ふわふわのおむらいすも？」

「ええ、オムライスも、ビーフシチューも、お味噌汁も、今日の煮物も、お嬢様が作れるようになります」

「ほんとですか？」

「ええ」

小雪の魔法の手で生み出された料理が自分で作れるようになると聞いて、真昼の心は浮足立っていた。

「お父さまお母さまのすきなたべものも、作れるようになりますか？」

もし、色んな料理が作れるようになったなら。

今はこちらを見てくれない両親が、ちらりと一目でもこちらを見てくれるのではないか、と。

一緒に料理を食べてくれるのではないか、と。

そんな期待を込めて、でも言葉にはせずに小雪に問いかけると、小雪は微《かす》かに目を伏せたものの変わらない笑顔で真昼の頭を撫《な》でた。

普段ならほとんど触れてこない小雪の掌《てのひら》が優しく髪をなぞるのを、真昼は目を細めて心地よさをしっかりと味わう。

「そうですね、いずれは作れるようになると思いますよ」

「じゃあがんばります！」

やる気と元気をあらん限り込めて返事をした真昼は「もう遅いから大声を出してはいけませ

ん」と小雪に窘《たしな》められながら、にっこりと笑って頑張れば両親の気を引けるかもしれない、なんて淡い期待を抱えながらお料理教室を楽しみに待つ事にした。

（まあ、そんな都合のいい話なんてなかったのですけど）

ぱらりと、今と比べて幼い字が並ぶページを眺めて、側《そば》に居る周《あまね》に気付かれないように小さく小さくひっそりとしたため息を落とした。

当たり前といえば当たり前なのだが、料理が出来るようになっても、両親が真昼の事を見る事はなかった。

というより僅《わず》かに接触する機会があっても向こう側に話を聞く気がなければ知らせるも何もない。

小雪から報告はいっていただろうから、きちんと報告書を読んでいたならば料理が出来るようになった、という事くらいは知っていただろう。

今の真昼からすればどうせ流し見したんだろうなくらいの諦念があるのだが、沢山努力した幼い真昼には努力を認めてもらえないというのは酷すぎる現実だった。

何かの液体で滲《にじ》んだ、震えた文字は、当時の真昼の気持ちを何よりも雄弁に伝えてくる。

（……幼くて、愚かだった）

当時の自分は、頑張れば少しは見てもらえると思っていたのだ。

両親の態度と真昼に対するスタンスを思い知った今の真昼からすれば、そんな期待をする方が馬鹿《ばか》なのだと断言出来るが、子供であった真昼にそれを予想しろなんてものは無理だと分かっている。

結果、甘い期待を裏切られて泣き喚《わめ》きながらこの日記をつけているのだから、笑えない。

(勝手に期待して勝手に裏切られた気になって、勝手に泣いて苦しんだだけ)

小雪は、嘘をついてはいない。

彼女は確かに作れるようになると思う、と言ったが、食べてもらえるようになるとは一言も言っていない。

小雪の目から見てもそれは叶わないと分かっていたからこそ、ああ表現したのだろう。

こう聞くと小雪は残酷な事を言ったのだと思うかもしれないが、真昼は小雪に感謝していた。

あの時、両親を知っていても雇われる側でしかなかった小雪は、ああ言うしかなかっただろう。

まだまだ親にすがりたい、幼すぎる心を砕く訳にもいかなかった。

真実を知るにしても大きくなってからの方が被害が少ないと考えたに違いない。

小雪のお陰で真昼は大抵のものは作れるようになった。教えられていない料理でもレシピを見れば難なく作れる程度には技術が鍛えられた。

それだけでなく家事全般を仕込んだのは、将来的に一人でも生きていけるようにという優しい心からだろう。

小雪も家庭がある。

言ってしまえば所詮他人であり、ずっと一緒に居られる訳ではない。真昼は小雪の子供ではない、仕事として面倒を見てもらっている、子供だ。

いずれ離れる日が来ると分かっていたからこそ、真昼が困らないように小さい頃から教えこんでくれたのだ。

実の親より余程親らしい、と今思う。

（……本当に、感謝しています）

小雪のお陰で、真昼は一人でも生きる術《すべ》を身に付けた。

そして何より、大切な人を見つけた。

『必ず幸せにしてくれる人の胃袋摑《つか》むのよ』

そう、あの時だけ聞かせてくれた、雇用関係を抜きにして敬語という壁を取り払った、言い聞かせるような優しくも真摯《しんし》な言葉を、思い出す。

（見つけましたよ、小雪さん）

真昼だけを見てくれて、真昼だけを愛してくれて、真昼を大切にしてくれて、真昼と一緒に幸せになってくれる人を。

いつか直接会って紹介しに行けたらいいな、と思いながら、幼い自分が書き残した悲嘆の声を指先でなぞる。

（この先のいつかに、あなただけを見てくれる大切な人が現れますよ）

涙を堪《こら》えながら日記に向かっている幼い自分を思い出しながら、真昼は静かにあの時の自分に負けないでとエールを送った。

かわいいこどもたち

「ほんと、困ったものよねえ」

すっかり夜も更けて子供達二人が寝室と客間でそれぞれ休んでいる時間帯。

家で軽く残っていた仕事を済ませたらしい志保子《しほこ》がリビングに降りてきてため息混じりに呟《つぶや》くので、修斗《しゅうと》は何が妻を困らせているのかと思案した。

「お仕事の話かい？　納期が無茶とかそういう？」

「ああ違う違う、この前の周《あまね》の事よ」

この前の周、という単語を聞けば、志保子が何に頭を悩ませているのかはすぐに浮かんだ。

「東城《とうじょう》さんちのお子さんの話か」

「ええ。またちょっかいかけてきたみたいだし。なんというか高校に入ってからすさんでいるというかなんというか。知り合いの奥さん方から聞いてるけどちょっとやんちゃしてるみたいだから」

ついこの間、周達が外に散歩に行った際に、間の悪い事に周が外に行ったきっかけである少年と出くわしたらしい。これは本人から聞いた事だ。

本当にたまたまの再会だったのだろう。周から会いに行くとは到底思えない。周が帰省したと聞いた東城から接触を狙《ねら》われていた、というのはもしかしたらまああり得るかもしれないが。

「まあ、周が乗り越えたなら私達が口を出す事ではないだろう。特に何もされた訳ではないだろうし。されたなら周も椎名《しいな》さんももっと態度に出るだろうから」

その時あった事は彼らの胸の中を覗《のぞ》き込まないと分からないが、少なくとも周に傷ついた様子は見当たらない。つまり、彼との接触は周にとってその程度だったという事だ。

真昼《まひる》の性格上周が苦しんでいたなら悲痛な顔を浮かべるだろうしそれとなくこちらに報告をしそうなタイプであるので、本当に、大した事がなかったのだと思う。

(すっかり傷も癒えたんだね)

昔の周の塞《ふさ》ぎ込《こ》みようを知っている修斗としては、感慨深いものがある。

利用され裏切られた後に彼らの先導で周りのクラスメイトに周へ強く当たるようにされていたのもあって、周は当時かなり傷ついていた。

修斗も志保子も東城の中身に気付いてあげられなかった事、そして周囲への立ち振る舞いの注意をしてあげられなかった事を悔やんだ。

それまでたくさんの愛情を注《そそ》いできたし、不自由のない生活をさせてきた。お陰で周は真《ま》っ直《す》ぐで人を疑わない純粋な子として育った、育ってしまった。

適度な負荷がかかっていた方が、純粋培養より折れにくいと、折れた後に修斗は気付いてしまったのだ。

（まあ結果として立派に育ったというのはあるのだけど）

結果として、その時に折れた事を糧にして今の周が出来上がったので全《すべ》てが悪いものではなかった、と今なら思えるが、それは全て結果の話であって当時の自分達からしてみれば心配で心配で堪《たま》らなかった。

「それはそうなんだけど……親としては、やっぱり心配なのよねえ」

普段はからかいつつも一番に息子を心配する志保子の頭を撫《な》で、廊下側にちらりと視線を向けてから、すぐに志保子に笑みを向ける。

「自分で乗り越えて過去の思いを昇華したのであれば、私としては特に言う事はないよ」

「そこは鷹揚《おうよう》よね修斗さん」

「鷹揚というか、信頼してるんだよ周を」

「私としては可愛《かわい》い一人息子がぴえんと泣いてたらお母さんが何とかするからね！って気持ちになっちゃうわ」

「それ周が聞いたら『泣いてない！』って反論してくるよ。それに多分志保子さんを頼らないんじゃないかな」

「まあ泣いてたら真昼ちゃんに慰めてもらうだろうから、お母さんはもう要らないのかもしれないわ、ぐすん」

「そこはぴえんじゃないんだね」

「細かい事を気にしちゃだめよ」

可愛らしく泣き真似をしてみせた志保子だが、本心から心配しているのは分かっているので、頭を撫でる事を継続しながら宥《なだ》める。

彼女はまだまだ東城の事について話し足りないのか、修斗が宥めてもほんのり雰囲気がささくれだっているのが見えた。

「にしてもまあ、東城さんとこも大変ねえ。ご両親が苦労なさってるもの」

「そうだね。まあ、私達が言えた義理ではないのだけど、少し向き合うのが遅かったんだよ。中学に入ってからかなり荒れていたらしいからね」

周との一件があってから調べて分かった事だが、彼は中学生に入ってからそういった友人達とつるむようになってどんどん天秤《てんびん》が傾いてしまったようだ。

それとなく、彼の家庭環境も知った。

志保子は東城の両親の事をいい人と称しているが、修斗からすればその評価はやや懐疑的なものになる。

確かに、両親は人当たりがよいし気持ちの良い人柄ではある。礼儀正しく誠実で心優しい夫妻な事も、知っている。

ただ、それは他人に対してだけ向けられるもの、だという事を修斗は察していた。

清く正しくあろうとするために歪《ゆが》めてきたものが、息子に全て集まってしまった事は、彼を見ればよく分かる。

　自分達も周にある種の歪み、というかその純粋さ故に悪気なく陰を生みだしてしまう事を教え切れなかった問題があったが、彼の家庭は別の教育の難しさというものを知らしめてくれるものだった。

「反抗期って大変ねえ。周はあんまり反抗しなくて逆に心配になっちゃったもの」

「周は反抗期はささやかにあったけどそれどころじゃなくなったからね」

「タイミングが最悪すぎたのよね、ほんと。多感な時期にああなってしまったから……」

「逆にいい子すぎて心配になるくらいだよ。私は『クソ親父！』って罵《のの》られるの楽しみにしてたのに」

　修斗としては反抗期ならそれぐらい覚悟していたのだが、元々周が大人しいタイプの子供だったのでそこまで跳ね返らなかったしむしろ心優しく育ってくれたので、拍子抜けだった。

「そういう楽しみ方もどうかと思うわよ」

「いやあ、自分がそうだったから、そう言われたらこんな時期もあったなあってしみじみ出来そうでね」

「……修斗さんって落ち着いたのは高校生から大学生になったくらいの時だってお義父様が言ってたものね」

「あはは。でもまあ、別に他人を害するような類のものではなかったよ？　友人と馬鹿《ばか》やってたくらいでね。そこは弁《わきま》えるだけの分別はあったし」

多少、先程話題に挙げた人への当てつけのようになってしまったのは、意図したものではない。

ただそれで思い出したらしい志保子がそっとため息をつくので、失敗したなと修斗も少し後悔をしていた。

「東城さんの坊ちゃんは、やっぱり変わっていないのよねえ」

「みたいだね。周達の様子から見ても昔と同じ感じだったように思えるよ。逆に周が変わりすぎてて驚いたと思う」

「まあ、変わったわよねえ周」

修斗も志保子も、周が変わったか聞かれたら揃《そろ》って頷《うなず》く。

周の傷が癒えるのを信じて送り出した時はすっかり内向的になって人嫌いでぶっきらぼう、人を近づけさせないような素っ気ない口調だったのだが、今帰ってきた周を見れば、全く違う。

約一年半前の周からは信じられないような柔らかさと落ち着きを見せ、内側から滲《にじ》み出てくる自信が表情を明るくさせていた。

一時期はかなり心配したのだが、もう心配は要らないと太鼓判を押せる程度には、周は傷を癒やし真っ直ぐに育っていた。

「良い方向に変わったから一安心よ。親元を離れてどうなるかと思ったけど、手放して正解ね」

「そうだね、親の厚い庇護《ひご》の下では成長出来ない部分もあるから、離れて自ら成長した事は喜ばしい事だよ」

「ふふ、きっかけが確実に真昼ちゃんなあたり藤宮《ふじみや》の一族よねえ」

「愛は一皮も二皮も剝《む》けさせる起爆剤になり得るからね」

「なかなかきっかけがないと人って変われないものよね」

何の後押しもなく、自分から変わろう、と思い立てる人は中々少ない。何かしら背中を押されるようなきっかけがあって、始めて変われる人が多い。

周の場合、それが真昼だった、というだけだ。

「周が早いうちに乗り越えてくれて助かったけど……あの子は周に執着してこないか心配ね。ほら、逆恨みってあるじゃない？」

「物理的な距離がある分安心はしてるよ。そもそも、彼は多分、道は踏み外せど最悪の選択はしないくらいの思考は持ち合わせていると思うから。越えてはいけないラインを越える度胸はないと思う。よくも悪くも、小心者から来る強がりな面はあると思うんだ」

「辛辣《しんらつ》な上に妙に確信持ってるのね」

「ある程度調べたし現状を確認した上での判断だよ」

「……お仕事が早いわね」

呆《あき》れたような志保子の眼差《まなざ》しには微笑《ほほえ》みを返す。

当時調べていた事もあるし、今の彼の言動や態度が何から来ているか、ある程度の調べはついている。

当時の家庭環境から今の家庭環境、両親の労働環境から教育環境、調べられるものは調べて、それで判断した。

確かに東城は性根は変わっていないし中学の時のまま高校に上がったようだが、あくまでやんちゃの範囲に留《とど》まる。

法に触れないようにしつつ日頃の鬱憤《うっぷん》を晴らしているようなので、両親が叩《たた》き込んだ正しくあれという教えの最終防衛ラインまでは越えていない。少なくとも修斗が見た限りではそうだ。

「息子に危害を加えるような人間の言動や生活態度を調べていない訳がないだろう。使えるツテは使うよ。彼の今の先生方や近所の方に知り合いがいるもんでご協力いただいたからね」

「仕事早すぎないかしら?」

「お仕事は早ければ早い方が後の選択肢が広がるだろう?」

後手後手に回るよりは、先手を打つべきだ。何かが起こってから調査するのでは遅い。未然に防げるならば防ぐ方が余程よいだろう。

「ギリギリ盛大な反抗期の範囲だけどご両親が抑圧しようとして逆に爆発《ばくはつ》しちゃってるね。

それだけ、だけども」

両親と反目して鬱屈《うっくつ》としつつも悪になり切れない。

彼の現状は、そんなところだ。

「まあ、そもそもだけど……周は、多分卒業しても、こちらに帰ってくるつもりはないよ。大学も向こうで進学の予定だからね。私も周がどこの高校に行ったのか、周囲には伝えていないから。志保子さんも、他県に行った、としか言ってないだろう?」

「ええ。念の為ね」

「大学を卒業すれば、就職して更に後を辿《たど》れなくなる。彼がそこまで追いかける執着があるかは疑問だからね」

落ちるところまで落ちているなら修斗も警戒をしただろうが、ギリギリで踏み留まっている。

そもそも周に執着したところで何もならないというのは、彼もよく分かっているだろう。

もう、周の視界に彼の姿が映る事はないのだから。

「それに」

「それに?」

「次はないよ」

もし、万が一、次に周に何か危害を加えようとしたのなら、当然それなりの措置は取る。

一度は許したのだ。二度目はない。

彼にどのような背景があろうとも、どのような理由があろうとも、こちらが情状酌量《じょうじょうしゃくりょう》する余地などない。

被害者側にとって、加害者側の理由など知った事ではないのだ。害を与えてきた、ならば自分にこれ以上害が与えられないように排除する、それだけだ。

自分が何をして何をしようとしたのか、身を以《もっ》て理解してもらうし、二度と周の前に現れる事のないように手を回す。

「……修斗さんの方が怒ってるわよね」

「怒っている、というより、障害になるのであれば排除して妥当だよね、というか」

美しく伸び伸びと育ちゆく木の幹を貪《むさぼ》ろうとする虫が居れば、対処するのも当然だ。少なくとも成長し切るまで、自分の免疫力で対処出来るようになるまでは、人の手はかけて然《しか》るべきである。

やがて遠い所に根を下ろし城を構えるにしても、親の庇護下にある子供のうちは守っておきたいのが親心というものだ。

「それが怒ってるんじゃないのかしら」

「うーん。怒ってはいないよ。許してもいないけど」

彼については修斗も怒りを持ち続けるなんて事はしない。エネルギーと思考スペースの無駄であるし、何かしてこない限りこちらから働きかけようとは思っていないのだ。

ただ、された事は記憶しているし、その所業を水に流す事はしない。それだけだ。

「修斗さん、割と根に持つわよね」

「そりゃあね。人生挫折は味わうものかもしれないけど、悪意という斧《おの》を振り翳《かざ》されて折られたのなら、それ相応に対処しないと」

「あの時私怖かったもの。人脈使って徹底的に調べ上げたあたりからこの人本気で怒ってるって感じてたわよ」

「親は子を守るものだからね。心のケアは志保子さんが多めにしてくれていたから、私は裏で動けて助かったよ」

「……何もしてないのよね？」

「してないよ。一度目だからね、警告で済ませたよ」

「二回目は？」

「私は仏じゃないからね。三回も待つ理由はないよ」

二度暴挙を許すなんて事はしない。もちろん起こらないように努力はするが、もし二度目が起こった瞬間に、明確な敵として排除するつもりだ。

「まあ、子供同士の諍《いさか》いという範疇《はんちゅう》なら親は何もしないけど、それを超えたらもう大人の領分だ。子供が抱え込んで壊れる前に、大人が対処しなくちゃね」

いじめが名誉毀損《きそん》、脅迫、暴行、といった行為にまで発展するならば、もう子供がどうにか出来るものではない。

大人の介入が必要なものだし、法に基づいた処罰を相手に与えるべきだ。もう周にその心配はないのかもしれないが、備えておく事に越した事はないだろう、とまとめた修斗はソファに体を預ける。

志保子も神妙な面持ちで「そうね」と返して小さく息を吐いた瞬間、リビングのドアが廊下側の空気を流し込んだ。

蝶番《ちょうつがい》が擦《す》れ軋《きし》む音が静かな夜に差し込まれる。

夫婦で視線をそちらに向けると、ドアを控えめに押し開けた真昼が、こちらを気まずそうに覗き込んでいた。

「あら真昼ちゃん、どうかしたのかしらこんな遅くに」

一気に表情を明るくした志保子が笑顔を見せると、遠慮がちな真昼が眉《まゆ》を下げながらリビングに踏み込む。

普段この時間は真昼は起きていないらしいので、どうやら途中で起きたか眠れなかったようだ。

「あ、いえ、えと……お水をいただこうと思って」

「あらお水？　ちょっと待っててね、座っていていいわよ」

「え、いや申し訳ないですし」

「いいのよいいのよ、遠慮しないで」

一気にテンションを上げた志保子が立ち上がってキッチンに足音控えめに小走りに向かうので、その変わり身に夫である修斗も笑うしかない。

やはりというか真昼は人の家だという事もあって遠慮が取れないようで、実におずおずといった様子でこちらに歩み寄ってはぺこりと頭を下げた。

「その、お邪魔してすみません」

「いやいや構わないよ。そんな他人行儀に謝らなくてもいいから」

「そうよそうよ、もう一つ屋根の下で暮らしてるんだもの」

「確かに暮らしてるけど期間限定だね」

「もう、水を差さないでちょうだい。今お水を入れるのは私だけで十分よ」

一つ屋根の下で一気に家族が増えるよりはまず周だけ増やした方が彼女的にはいいのではないか、と言葉を挟めば、キッチンから志保子のぷりぷりとした声とペットボトルの口から水が注がれる音がした。

少しすればトレイにグラスを三つ載せた志保子が戻ってきて、一つを満面の笑みで真昼に手渡している。

「はいどうぞ」

「ありがとうございます」

「修斗さんもどうぞ。喉乾《のど》いたでしょう」

「そうだね」

今夜はいつもよりたくさん話した。時計を見ればいつの間にか半刻経《た》っているようで、話に夢中になるといつもこうだと今回一番のおしゃべりである修斗は苦笑いを浮かべた。

グラスに口を付ければ、知らぬ間に熱くなっていたのかやけに冷たい喉越し。

まだまだ大人気《おとなげ》ないな、と可愛い息子のために少し暴走しかけていた事に反省しながら静かにクールダウンを図る修斗を、何故《なぜ》か真昼は少しだけ眩《まぶ》しそうに眺めていた。

志保子も話して喉が渇いていたらしく勢いよく飲み干してグラスをテーブルに置いた。真昼がゆっくりと水を飲み終えた事を確認して彼女に微笑みかける。

「ちなみに、さっきの話は周には言わないでね？」

「あ、」

気付いていたものの言おうか言うまいか迷っていた事を、あっさりと口にした志保子に、真昼が一気に顔色を悪くした。

流石の志保子もこれでは咎《とが》めているように聞こえたのだと理解したらしくすぐにあわあわと手を振って違うのだと主張する。

「あ、責めてるつもりはないのよ⁉　廊下に突き抜けるくらいに声出して長話していた私達が悪いし！」

真昼が自分が盗み聞きしたと罪悪感も露《あら》わな表情を浮かべるものだから、志保子の慌てっぷりも尋常ではなかった。

「うう、ごめんねえ。そういうつもりじゃなかったの。気にしなくて大丈夫だから、ね？」

「志保子さんは単純に周に聞かれるのが恥ずかしいから言わないでねって言いたかっただけだよ」

「し、仕方ないじゃない」

このままだとお互いにすれ違いそうなので助け舟を出しておくと、志保子はうっすらと頬《ほお》を染めて困ったように眉に八の字を描かせる。

「あんまり心配してると子供扱いするな、とかもう大丈夫だから、って言うと思うのよね。実際周の様子を見たら平気なのは分かってるんだけど、親だからやっぱり心配しちゃうのよね。もう立派な男の子なのに、私達の中ではまだまだ可愛い子供なんだもの」

志保子の感情は修斗にもよく分かるものだし、先程まで自分を熱くさせたいたのもその感情に近しいものなので、修斗は微笑んで志保子の話を聞いていたのだが、真昼が急にくしゃりと顔を歪めてしまって、志保子も修斗も慌てる事になった。

先程咎められたと勘違いした時よりもずっと悲しげに眉を下げた真昼の顔は今にも泣き出しそうで、カラメル色の瞳《ひとみ》からは今にもしずくが滴り落ちそうなほどに潤み、洪水寸前。

それでも一粒もこぼさずにただ唇を結んで力を込めている姿は、泣き出す寸前のようにしか見えない。

「もしかして、何か気に障った事を言ったかしら」

「ち、違うんです。ただ、いいなって思っただけで」

何がいいな、なのかは、すぐに分かった。

ある程度真昼の事情は聞いているしどういう環境で育ったか、聞いてきた。

自分達と真昼の両親は真逆と言っていいほどに立ち位置が違う。あまりにも無関心で、親としてのほとんどを放棄してきた。

基本的に親に子供として扱われてこなかった真昼にとって、周を大事にする修斗と志保子を見るのが苦しかったのだろう。

どうして自分はこうならなかったのか、という声にならない悲鳴が彼女の体から滲《にじ》んでいて、あまりに悲痛な姿に修斗は眉を下げる。

（……娘にこういう顔をさせる親など、親ではない）

親も人間だ。

好き嫌いや相性もある、置かれた環境もある。子供を無条件で愛して優先しろ、なんて事は言えない。

愛せない事そのものを責めるつもりはない。

それは、他人が軽々と言っていいものではないだろう。

ただ、思うのだ。

愛せないにしても、この世に生を受けさせた以上、責任は取らなくてはいけない。

一度親になると決めて生んだのに親である事を放り投げて、子供を泣かせるような人間など、いてはいけない。

見ず知らずの相手ながら嫌悪感は凄《すさ》まじく、修斗は穏やかな顔の奥で湧《わ》き出《で》る苛立ちを押し込めて、迷子の子供が悲しみを耐えるように、いつもより幼い表情で黙る真昼を静かに見つめる。

「……羨《うらや》ましがらなくてもいいのよ？　だって、私達にとって真昼ちゃんはもう娘なんですもの」

思っていた事を志保子が真昼に伝えてくれたので、同じ思いだった事に安堵《あんど》しながら修斗も真昼に微笑んだ。

真昼は想定外だったのか「え」と言葉を詰まらせていた。

「あら気が早かったかしら。私ったら早とちりしちゃった？」

「え、い、いえそういう事では……ある……ない、です……？」

「あらあら」

「志保子さん、あんまりからかわない。でも、私も娘同然に思っているよ」

立て続けに押した事で真昼の表情から悲しみが抜けて混乱で満たされているので駄目押しす

ると、真昼はとうとう固まってしまった。

「そもそもあの奥手で基本的に人を信用していなかった周がこんなにも信用して惚《ほ》れ込んでいる相手なんだ。私達も信用するし、今まで接してきて椎名《しいな》さんがいい子だってよく知ってるよ」

「……いい子、なんかじゃ。私、そういう風に見せかけてるだけで」

「真昼ちゃんのいい子って、私達が思ういい子と違うのよね」

いい子という言葉に反応してびくりと体を震わせた真昼に、志保子はどこまでも明るさと好意をたっぷり詰め込んだ笑みを向けた。

「私達にとっての真昼ちゃんのいい子って、周すきすきらぶらぶマックスって事だもの」

「え、あう」

「こら志保子さん。それは極端な言い方だから」

もう少し例え方があっただろうに、と志保子を窘《たしな》めるものの志保子は「分かりやすいと思うんだけどなあ」と撤回する気ゼロ。

これだけだとまた誤解を生みそうなので、恥ずかしさからか顔を赤らめだした真昼に修斗は穏やかな笑みのまま続ける。

「……椎名さんは、うちの息子を好きになってくれただろう？　ひたむきに思ってくれているのは分かるし、周と幸せになろうっていうのが感じるんだ。自分だけでも、周だけでもなくて、二人で幸せになろうってのが窺《うかが》えてね」

真昼が心底周に惚れているのも、逆に周が真昼に惚れ込んでいるのも、親から見ればすぐに分かる。

お互いに好き合って尊重して二人で生きていくという気概が感じられるし、今実際向こうではほとんど生活を共にしているようなものだという事を聞いて、安堵《あんど》したのだ。

この二人なら、大丈夫だろうと。

「辛《つら》い事があっても二人で乗り越えていこうとしているところを見て、この子に周を任せる……って言うのも変かな。素敵だなって思ったし、私達も見守っていこうと思えたんだよ」

「むしろ周に任せるのちょっと不安だから真昼ちゃんが主導権を握っておいていいのよ」

「こら、周だって成長してるんだから」

「分かってるけどぉ」

こういう時に真昼贔屓《びいき》になってしまう志保子には頰をつついて窘めつつ、驚きで満たされた表情の真昼に、柔らかな眼差しを送る。

「私達は、もう、椎名さんの事を受け入れているんだ。家族同然だと思ってるし、困った事があったら助けたいと思っている」

何をどうしても、志保子や修斗は真昼の本当の親にはなれない。

それでも、彼女に関《かか》わる大人として、手を差し伸べる事は出来る。暗闇《くらやみ》に落ちた彼女を掬《すく》い上げる事は出来る。

「もし、どうしてもご家庭の事で辛くなったら、うちにいらっしゃい。シェルターになってもいいし、うちかうちの親族に養子とかで戸籍上離れる手段はあるからね」

「極論大人になっちゃえば親権者の同意なしで嫁入り出来ちゃうものねえ」

早く大人にならないかしら、とせっかちな志保子には頭を軽く撫でて妄想に歯止めをかけておく。

ただ、それが妄想でなく現実になりそうな事は、修斗も実感していた。

それだけ、周と真昼との信頼関係、結びつきは強い。かつての自分達が付き合いだした時より余程覚悟の決まった関係だと思っている。

藤宮家は、ひたすらに一途な人間ばかりだ。

恐らく、真昼が嫌がらない限り、周は意思を変える事はない。

彼女もそのうち藤宮《ふじみや》の名を名乗る事になるだろう。その方が、彼女にとっても辛い思い出と決別出来るのではないか、と思うのだ。

「真昼ちゃんはまだまだ子供なんだから、辛かったら頼れる大人に頼っていいのよ。問題があったら大人に相談しなさい。私達でよければ、出来得る限り力になるから」

真っ直ぐに彼女を見つめた志保子がその震える手を握りながら語りかければ、真昼は俯《うつむ》きながら小さく頷いた。

包み込んだ志保子の手にしずくが一粒落ちた事は、見なかった事にした。

しばらくして顔を上げた真昼は、ほんのりと目元を赤くしていたものの、表情は随分と明るくなっていた。

黙って手を握り続けていた志保子に笑いかける姿に、もう先程の迷子の子供のような面影はない。

「さっきのお話、周くんに言わない代わりに、志保子さん達も私が泣きそうだった事、言わないでください」

「ええ、約束よ。破ったら……そうねえ、ハグの刑？」

「ふふ、それじゃあ罰になりませんよ」

「ちょっと修斗さん聞いた？　今の周に聞かせてあげたいわ、ほんと可愛げなくなっちゃったんだからあの子」

自分でお仕置きを提案しておきながら勝手に抱き着いてセルフで刑執行している志保子に、真昼は嬉《うれ》しそうに受け入れている。

確かにこれでは罰にならないな、とされるがままになっている真昼を眺めながら、修斗も喜びを口元に浮かべた。

「可愛いわねえ、折角だし今日一緒に寝る？　恋バナしちゃう？」

「それだと私の行く所がなくなっちゃうね」

「周と一緒に寝ておいたら？」

「翌朝悲鳴で起こされそうだから遠慮したいね。勝手に寝室に入るのは悪いし、向こうもこの年になって男親と寝るとか勘弁願いたいだろうし」

どう考えても周から口を利《き》いてもらえなくなるのが見えているので苦笑いしながらゆるりと首を振った。

そんなやり取りが面白《おもしろ》かったのか、控えめながらおかしそうに笑う真昼に、修斗も志保子も視線を合わせて頬を緩めて笑い合った。

望まぬ接触

本当に、何故《なぜ》今更。

周《あまね》から自分の父親――朝陽《あさひ》と会って話をしてきた、と聞いた時から、真昼《まひる》の頭の中ではそんな感情がぐるぐると思考を遮《さえぎ》るように渦巻いていた。

真昼にとって、親という存在はある種幻のような存在で、自分にとっては居ないものと同様だった。

自分を構成する遺伝子の提供者、という認識はあるが、自分を育てたという認識は一切《いっさい》ない。物心ついた時から真昼に人としてのあり方や様々な知識を与えてくれたのはハウスキーパー兼実質家庭教師の小雪《こゆき》であり、彼らではなかった。

それでも幼い頃は両親に見てほしくて努力したし近づいたが、彼らはそれに応《こた》えなかった。否《いな》、拒んだ。

産み落とすだけ産み落として、世話すらせずに放って自分達がしたい事を優先する人間達。それが真昼にとっての両親の認識だった。

最初こそ彼らに見てほしくて、愛してほしくて、必死に手を伸ばしていたが、それが無駄だった事に気付いた日の絶望なんて彼らは知らないだろう。どれだけ傷ついたのか、知りもしないし知ろうともしていないだろう。

それからの真昼が親への大きな失望と、本当に僅《わず》かな希望を抱きながら生きてきた事も、彼らは知らない。知ってほしいとも思わなくなっていた。

愛される事を諦《あきら》めながらも本当に小さな、大きな川の唯一の砂金を探すような可能性に縋《すが》っていた事が馬鹿馬鹿《ばかばか》しいと、それでいて諦め切れない自分に呆《あき》れて。

周の存在に、ようやく、親からの愛情はもういいと思えてきた矢先の事だった。

「何を、今更」

口から出たのは、ひどく冷え切った声だった。

天使様として大勢に向ける声からも、周に向ける声からも想像出来ないような、底冷えするようなもの。

ただ、真昼にとって父親という存在はもう自分の内側にも自分を取り巻く環境にも居ない、ただの他人となってしまったのだ。

小雪に全《すべ》て丸投げして十年以上関《かか》わろうともせず放置してきた人間が、何を思って接触を図ってきたのか、真昼には分からなかったし分かりたくもなかった。

（親面なんてされても）

何もしてくれなかったのに、親として見ろ、という方が無理なのだ。

一応ささやかながらなけなしの擁護をするならば、朝陽は真昼に暴言を吐く事はなかった。小夜《さよ》と比べてその点ではマシだとも言えるし、真昼を見て見ぬ振りをしたという点なら小夜より遥《はる》かに質《たち》が悪い。

真昼がどれだけ辛くても何もせず、結局都合の悪い事から目を逸らして仕事に没頭する事で自分の中で真昼の存在を抹消していた朝陽と、存在を疎んで否定こそしていたものの存在そのものが在る事は認めていた小夜。

果たしてどちらがマシなのか、真昼には分からない。

確かなのは、今更親として名乗り出て接触を図ってくる朝陽の事を信用するつもりも受け入れるつもりも、真昼にはないという事だ。

(どういう風の吹き回しなのか)

今更親風を吹かそうとしてきているのでは、と警戒するのは当然だろう。

直接接触した周曰《いわ》く危害を加えるつもりはない、との事だったが、それなら尚更真意が分からず警戒するに決まっている。

本人もそれが分かっているのか、真昼にいきなりコンタクトを取らないのだろう。

真昼的にはそちらの方が心象最悪であるしこちらに隠れてコソコソと周囲を探っていたという不気味さを感じさせるのだが。

幸い、今まで何となくだが感じてきた朝陽の性格的に、無理強《じ》いはしないという事と恐らく事なかれ主義である事は察していて、だからこそ直接的に真昼にどうこうする、とは考えていないと思っている。

もし朝陽がこちらに何かしら不利益《ふりえき》を被《こうむ》らせてくるような事をしてくるのなら、真昼は今まで事ある事に記してきた日記と親がほぼ関わってこないのを知っていた小中学校の教師、それから一番近くに居た小雪に証言してもらって児童相談所に駆け込むくらいは視野に入れてある。

日記については、周には思い出やあった出来事を綴《つづ》っていると言ったしそれは間違っていないが、その目的とは別に今までされてきた事も感情込みできっちりと記した証拠品としての目的もある。

今までのものが育児放棄に当たるかは微妙なところだが、監査が入ったと周囲に知られれば社会的地位に影響が出るだろう、くらいの予想はしている。自分の身を守るため、生活を守るためなら、出来る範囲で反撃をするつもりだ。

(そうならない事を祈っているのですけど)

真昼とて、大事《おおごと》にしたい訳ではない。今の生活のまま、関わらずに距離を置いて過ごしたい。急な変化を見せた父親の思惑は知りたいが、関わった事で今の生活が崩れるなら知らない事を選ぶ。

だって、真昼にとって親の愛情はもう不要なのだから。

現実的な事を言うなら、金銭面では必要かもしれない。ただ既に口座には大学費用はあるし、お金で解決すればいいと言わんばかりに毎月大金を振り込んでくれているお陰で、大学半ばくらいまでの生活費用もある。通帳も印鑑も名義もこちらのもので、彼らが手出し出来るものではない。

高校生が持つにはとんでもない金額を所持しているが、これは本人に渡す養育費のようなものであり、そしてネグレクトに対する慰謝料のようなものである。

自分にとってもう親は愛情を期待する相手ではない。自分の生活を脅かす恐怖の対象に近い。

もう、要らない。

今更手を差し伸べてきても、素直に手を摑《つか》むほど子供でもないし飢えてもいない。

真昼には、手を取るべき人が居るのだから。

いつものように、周の家に行くと、周は穏やかな顔で出迎えてくれた。

先日の朝陽との一件があってからも、彼の態度は変わらなかった。いや、正しく言えばいつもよりも包容力があるというか素知らぬ顔で気を回しているのだが、表には出さないようにしているようだった。

腫《は》れ物を触るような扱いでも、逆に無神経に触れてくるでもなく、ただただ穏やかでフラットに接してくる周が、今の真昼にはありがたかった。

周に促されてリビングに入れば、ひやりとした空気が出迎える。

普段の設定温度を知っているのでそこまでクーラーを効かせていないと分かっている筈《はず》なのに、どこか肌寒さを感じて周にぴとりと寄り添えば、周は小さく笑って真昼の手を引いてソファに座った。

ぽす、と周の手によって沈まされた真昼が隣に腰掛けた周を見ると、いつもの表情だが少し慈しむような眼差《まなざ》しであった。

「周くん」

おずおずと愛《いと》しい彼の名を呼べば、春の陽射《ひざ》しのようなまろやかな笑みが返ってくる。

雪解けを促すような暖かくも包み込むようなその微笑みに、少し、胸の奥で渦巻く靄《もや》が晴れた気がした。

それでも、未《いま》だに先日の件で膨れ上がったものは、消えはしない。結局のところ靄の中心に今まで凝縮されてきた凝《しこ》りのような重く固まったものがあって、それが思い出したかのように存在感を主張するせいで、意識してしまうのだ。

「うん、どうかしたか」

昔からは信じられないほどに険のない声で聞き返されて、真昼はどうしようかと視線をさまよわせた。

別に、周にどうにかしてほしかった訳でもない。ただ、側《そば》に居たくて、周の元に来た。

「……その、あの……手を、握って、ください」

考えて、小さなお願いをした。

真昼が手を取りたいのは、手を取るのは、周だけだ。

それを改めて確認したかったのかもしれない。

少しだけ躊躇《ためら》いながらもお願いした真昼に、周はふんわりと笑みを浮かべて、それから大きな掌《てのひら》で真昼の手を包み込んだ。

初めて触れてほしいと思った、少し骨ばってどこか無骨な、硬い掌。いつでも丁寧に触れてくれた、優しい掌。

この掌に包み込まれているだけで、力が抜けそうなくらいに落ち着いてしまう。

「手だけでいい？」

オプションは追加しなくてもいいのか、と言わんばかりに優しくも少しいたずらっぽく問いかけてきた周に、真昼はこれ以上甘えていいものかと目を伏せた。

結局、朝陽から追加の接触はない。何事もなかったかのように、普段の日常が戻ってきている。

一人でうじうじと悩んでいるだけなので、これ以上周に寄りかかっていいものか、と逡巡《しゅんじゅん》して口を閉ざした真昼に、周は少しだけ掌に力を込めた後、そっと温《ぬく》もりを離した。

あ、と声を上げてしまったのと同時に、真昼の頭にブランケットが被《かぶ》せられた。

「……今日の真昼はいつもよりひんやりだな。クーラーの当たりすぎかもなあ、ほらブランケットくるまるくるまる」

そう笑いながら言って、まだ冷房で冷え切ってもいない真昼の体をブランケットで包み込んだ周は、真昼の背と膝裏《ひざ》に手を回して、軽々と、何の躊躇いもなく抱え上げた。

そのまま周の腿《もも》の上に横抱きのまま着地させられた真昼がぱちくりと戸惑いを見せれば、こちらを覗《のぞ》き込む黒曜石の瞳が慈しむように細まった。

「温かくなったか？」

「……はい」

本当に何の躊躇いもなく真昼の事を抱え込んでみせる周に目頭が熱くなったものの、周は真昼が色々と考え思い悩んでいる事に敢《あ》えて触れずにいてくれるので、その熱が溶け出してしまわないように、微笑んだ。

強がり、と思われたかもしれないが、強がりでもいいのだ。周は、そんな真昼を受け入れてくれるという確信があった。

少しだけ苦笑したような吐息が落ちてきたものの、真昼は周の表情を見ずに、ただ逞《たくま》しくなった胸に頰《ほお》を寄せる。

（敵《かな》いませんね）

真昼の性格を、ちっぽけな矜持《きょうじ》を、自分では拭《ぬぐ》いきれない不安を、全て見透かして、見越して、こうして有無を言わさない状況を作り上げているのだ。

真昼が、少しでも自然と安心出来るように。

あくまで真昼の意思を尊重して抱え込んだものを無理に聞き出そうとはしない周に、真昼はそっと息を吐いた。

(本当に、こういう所も、好き)

両親を見ていると、家庭というもの自体に疑問を抱く事があった。

真昼にとって仲の良い家庭なんて幻想だったし、そんなものが実在するのかと不思議で仕方なかったが――周を見ていると、お互いに慈しみ合い尊重して手を取り合って生きて行く家族があるのだと、実感させられる。

喉《のど》から手が出るほどに羨《うらや》ましい、理想的な家庭で育った彼が、眩《まぶ》しく見える。

(……周くんが、いい)

娘から見てもろくでもない家庭に生まれた真昼は他人と過ごす事や家庭を築く事をよしとしていなかったが、周と出会って、希望を教えられた。

こうして周に優しく包み込まれて大切に大切にされていると、この人とならこの先を歩いていけると、幸せになれると、改めて強く思う。

そこまで考えたところで、よく考えれば周と将来的にそういう関係になる気満々だ、という事に気付いて、つい周の腕の中で小さく悶《もだ》えた。

(確かに大好きですし二度と離れたくないですけど！)

あまりにも高校生の身では重いのではないか。

普通の高校生の交際は十中八九期間限定のものであるというのは分かっているので、将来を見据えた事を考えているのは少し、いやかなり重いだろう。

周も自分の事を深く愛してくれてる事は知ってるし、長く一緒にいる気もあるのは見えているものの、今から勝手に結婚を意識しているなんて重いにもほどがある。

執着と愛情の強さに自分でも戸惑うほどで小さく呻《うめ》くのだが、周は真昼の混沌とした心情を当然知らず、ただ心配するように背中を優しく撫《な》でていた。

「……その、周、くん」

「うん？」

「……重くないですか？」

何を、とは言わなかったのが、ずるだったかもしれない。

周は真昼の質問に瞬きを繰り返した後、おかしそうに笑った。

「心配しなくても、重くないよ。これでも鍛えてるんだけどそんなに不安？」

「不安、というか」

「真昼はちょっとした事気にするよなあ。気にせず甘えてくれたらいいし頼ってくれたらいい。寄りかかってくれ。少しでも真昼が落ち着くなら、俺《おれ》は幾らでも受け止めるから」

変なところで遠慮するからなあ、と笑ってくれた周は、真昼の『重い』という言葉の意味を二通りで理解してくれたのだろう。

その裏の『重い』の本当の意味については真昼も何も言っていないため分かっていないだろうが、真昼には十分だった。

周は、真昼を受け入れてくれる、それだけで。

「あのさ。真昼が、辛《つら》い思いをしていたり、不安に怯《おび》えていたら、言ってくれ。その、俺がその元凶をどうにかする事は出来ないかもしれないし、真昼の苦しみは真昼のもので俺が引き受けてはあげられない。……でも、苦しんでいる真昼の側に、居る事は出来る。乗り越えるまで、側に居るから」

「……はい」

「吐き出して楽になるなら吐き出してくれたらいいし、言いたくないなら言わなくていい。俺は、真昼が楽になる方を受け入れるよ」

あくまで選択は真昼に委《ゆだ》ねるスタンスを崩さない周に、真昼はこの人を好きになってよかった、と心の底から思いながら、体から力を抜いて寄りかかった。

「……大丈夫です」

親についての事を、周に吐き出すつもりはない。もう、先日それはした。

この渦巻く灰色の感情は確かに一人では処理し切れないかもしれない。

けれど、周が側に居たならば、真昼はこの奥底にある負の感情や記憶を、受け入れて、先に進める気がした。

「その、強がりとか抱え込むとかじゃなくて……これは、私が飲み込まなければ、先に進めないものなのだと思います」

いくら吐き出しても無尽蔵に湧《わ》き出《で》てくる、不平不満を嘆く幼い自分の感情。

それは結局吐き出したところで大本が変わらない限り、いずれ生まれてくるものだ。

周とこれから先に進むためにも、幼い頃に両親に焦《こ》がれた事で間違った形で奥底に打ち込まれてしまった『親への執着』を消化して昇華しなければならない。

自分が、間違いを犯さないためにも。

「……そっか」

周は小さく相槌《あいづち》を打って、真昼の背を撫でた。

「側《そば》に居てくれるだけで、十分です。あなたの存在に、救われているのですから」

「大げさだなあ」

「本当ですよ？」

周が居なければ、周と出会わなければ、真昼のこれからは決して明るくなかっただろう。

誰《だれ》も信用しなかったし、誰かを心から愛する事も出来なかったように思える。両親の事でどうしようもない鬱屈《うっくつ》を抱えて生きていく。

きっと、曇天の中人生を孤独に歩んでいただろう。

「……周くんに出会えた私は、贅沢《ぜいたく》者です」

しみじみと呟《つぶや》いた真昼に、周はそれ以上は何も言わず、ただ真昼を優しく包み込むように抱き締めた。

磨けば磨くほど光るのは

一日の疲れと汗をさっぱりとお湯で流した周《あまね》がお風呂《ふろ》から上がってリビングに戻ると、真昼《まひる》がソファに座って本に目を通していた。

もう午後十時を過ぎたところでいつもなら帰っている時間帯なのだが、何故《なぜ》か残っている。

周としては風呂に入ると同時にまた明日だと思っていたし入る直前に「おやすみ」と声をかけたので、帰っていると思い込んでいたのだ。

「まだ帰ってなかったのか。てっきりもう帰ったものとばかり」

家に帰る時間が遅くなるのは、構わない。どうせ隣だし交際しているので、この時間帯くらいならギリギリで許容範囲だろう。

ただ真昼は真昼で家でやる事があるだろうに、と周としてはそのあたりの心配がある。

周宅で済ませられる事は済ませているだろうし一度家に帰って入浴してからこちらに来ているようだが、周の知らない真昼の日課や用事はないのだろうか、と疑問が浮かぶ。

「すみません、周くんがお風呂から上がる前に帰ろうと思っていたのですが……ちょうどキリいいところまで終わらせてしまおうと思って」

どうやら参考書を解くのに夢中になっていたようだ。

本来真昼は高校で学習するものを先んじて学び終えるという事をやってのけているため、他の生徒より学習状況に切羽詰まる事はないのだが、生真面目《きまじめ》かつ継続努力の出来る真昼は復習を欠かさないようにしている。

この参考書の学習内容も恐らく既に頭にある筈《はず》だが、しっかりと刻み込むように解いているのだろう。

「うへぁ、よくやるもんだよほんと。えらいなあ」

「ありがとうございます」

隣に座りながら真昼の頭を撫《な》でるとくすぐったそうに目を細める。そのまま髪を梳《と》こうと思ったが、湯上がりの手だと乾いた髪には指が通りにくく髪を乱すだけだろうからとやめれば、彼女は微妙に不満の顔を浮かべる。

本当に分かりやすくなったなあ、と小さく笑いながら不満を詰め込みつつある頰《ほお》を撫でればぷすっと唇から溜《た》め損なった真昼の心の靄《もや》がこぼれ落ちた。

周も見習いたいほどに手入れの施された頰をやんわりとくすぐりながら真昼の手にしている参考書を覗《のぞ》き込む。

周達が学んでいる内容よりかなり先に進んだものではあったが、周は周で予習をしているし真昼の復習がてら教わっているお陰で、粗方《あらかた》理解出来る内容であるという事は分かった。

真昼様々だ、と内心で拝んでおいた。

「これ、真昼が終わったら少しの間借りていい？　俺《おれ》もやっときたい」

「いいですよ、というか私これ何回か解いてますのでそのままお渡ししますよ。別のものありますし」

「や、急いでないからいいんだけどさ。こっちをあんまり気にしすぎるなよ」

周としては、自分を優先してほしい訳ではない。

借りられたらいいなくらいの軽い気持ちだったので、真昼を困らせてまでこちらの我儘《わがまま》を通してもらうつもりはないし、遠慮したいところだ。

「別にいいんですけどねぇ。同じような内容の参考書、まだまだ沢山家にありますし」

「……本気？」

「冗談にしないでくださいよ。参考書って解けば解くほど実践力とか応用力が鍛えられるものですから、何回もしますし新しい問題求めて他のものも買いますよ。解くの楽しいですし」

けろりとしている彼女に周としては戸惑うしかない。

いや、参考書を複数持つのも分かるし周も同じ教科でいくつかあるのだが、真昼の口調的に割とかなりの冊数がありそうで、流石にそこまで徹底していない周としては感心しきり。

解けば解くほど理解が進むから勉強が楽しい、という気持ちは分かるものの、やはり真昼は周よりずっと勤勉で努力家なのだと思い知った。

「……じゃあ借りるけど、真昼は俺をあんまり優先しない」

「優先というか、これは別に良かったんですけどねえ。別に周くんが解き終わった後にまたすればいい話ですし。周くんこそ気にしすぎですよ？」

仕返しとばかりに周の頰をぷにっとつついて指先でくすぐってくる真昼に目を細めてされるがまま状態になっておくのだが、真昼はふと動きを止めた。

急にぴたりと静止した真昼に何事かと窺《うかが》えば、真昼はまじまじと周の頰、というより顔全体を見つめている。

「どうかしたか？　ニキビとか？」

先程鏡を見ながらスキンケアした限りそんなものは見当たらなかったし手触り的にもなかったが、もしかしたら見逃していたのかもしれない、と鏡に映った自分を思い出している周に、ゆるりと亜麻色の髪を流すように首を振る真昼。

「いえ、反対です。周くんって肌綺麗《きれい》になりましたよね、と」

「ああ、そういう事。何事かと思った」

「毛穴の開き具合とか乾燥具合、触り心地が前と全然違うなって。今改めて見て、かなり綺麗になってるな、と至近距離で見て思ったのです」

「よくそこまで見てたな」

周本人が少し前まで割と無頓着側の人間だったため、真昼のその記憶力と観察力には驚かされるばかりである。

「努力した成果が出てるならよかった。ちょっとスキンケア頑張ってるんだよな」

「あら、手入れ方法変えたのですね」

「いやまあ真昼ほど真剣でもないしお金もそんなにかけてないけどな。洗顔と保湿をしっかりしてるだけだし」

少し調べてみたところ、この二つを気をつけるだけでもかなり肌に変化はあるそうだ。

汚いという訳でもないが綺麗という訳でもないザ・一般的な肌だった周は洗顔と割と適当保湿で肌の手入れを済ませていたのだが、折角自分磨きをするならと調べて洗顔料やスキンケア用品を変えた。

何種類か試して自分の肌に合ったものを選んでしっかり丁寧に保湿するだけだが、やり方を変えただけで肌の調子が良くなったのだ。

元々真昼の料理で食事自体は非常にバランスが取れたものになっていたから、昔と比べたら見違えるようによくなっただろう。

「よろしい。男性は女性より脂質が多いですから、きちんとした洗顔と保湿は大切です」

「食生活は真昼が支えてくれてるから滅茶苦茶楽なんだよなあ……俺はスキンケアと質の良い睡眠を心がけるだけだし。やっぱりこういうの当たり前のようにやってる真昼って大変だな。

真昼は天性のものもあるけど、すっげえ努力してるからこそその美貌が維持されてるんだよなあ、と痛感した」

「ふふ、ありがとうございます。その努力を分かっていただけてありがたい限りですよ」

「真昼の事見てたらそりゃ分かるよ。真昼はいつも頑張って自分を磨いてるだろ。というか、前に聞かせてくれたのは覚えてるよ。全部頑張っててえらい」

これから先のために努力は欠かさないとあの時真昼は言っていた。

その時に容姿は衰えるものだ、とも言っていたし外見だけに頼るつもりはないとも言っていたが、それは外見を磨かないという意味ではない。容姿だけではなく中身や能力も磨く、と言っていて有言実行している。

その凄《すさ》まじさが改めて理解出来た。

「……ありがとうございます。あれ、覚えられてるのちょっと恥ずかしいのですけど」

「何で？　真昼が頑張ってる、って事だろ？」

「……周くんがそうならいいですけども」

もごもごと何かを言いにくそうにしている真昼に、そんな恥ずかしがる事はあっただろうか……とあの時のやり取りを思い出してみるものの、記憶の限りでは特に覚えがない。

何に過敏になっているのだろうか、と真昼を窺っても、真昼は答える気がないようで視線を合わせてくれなかった。

それでも視線を向けていたら「気にしなくていいのです」と窘《たしな》めと咎《とが》めが半々の声を突き

付けられたので、これ以上の詮索は真昼の機嫌を損ねるだけだと瞬時に判断した周は「ごめん」と軽く謝ってこの疑問を頭から追い出した。

「……ちなみに、なんですけど、周くんは何でここまで気にしだしたのですか？」

「え？」

「周くん、あんまり肉体改造は頑張ってましたけど、細かい所は気にしてなかったから……何かきっかけがあったのかな、と」

「いやほら、なんというか……一箇所気になりだしたら全部が気になりだしてだな。筋トレして鍛えるってなって調べだしたら普段の生活やら肌質やらってどんどん気になる項目が増えてですね」

別に周は真昼ほど見た目に拘《こだわ》るつもりはなかったのだが、性格上やるならやれる範囲で気を付けてみよう、と思い立ち、色々と真昼の隣に立つのに相応《ふさわ》しくなれるように自身を磨く術を調べたのだ。

今のインターネット社会、欲しい情報はその真偽の選別が要るものの簡単に手に入ってしまう。

男性としての魅力を増すためにはどうしたらいいか、自分を磨くためにはどうしたらいいか、という方法を見つけた周は、吟味した後に実践に移している。

といっても難しいものではない。

体の気になる部分を重点的にトレーニングしたり人の印象は顔色と肌艶《つや》で決まりやすいからと肌の手入れに力を入れたり、顔色を良くするために質の良い睡眠を取る、そのための方法を試したり自分に似合う色や服装を樹《いつき》や優太《ゆうた》に聞いて判断してもらってファッションセンスを磨いたり。

現在、そういう細々とした自己改造計画を施している最中である。

真昼のような多大な労力をかけている訳ではないのであまり誇れるようなものでもないが、一応努力自体は欠かさないようにしていた。

「理由が何にせよ良いことだと思います。自分磨きは終わりがないので自分がある程度納得出来るところで継続してくださいね」

「うん。まあ、多少の労力で出来る事なら、やった方が後々何倍にもなって返ってくるよなあ、と」

「そういう努力を欠かさずにする、という姿勢そのものが大事だと思いますよ。えらいですね。そんなお疲れ周くんを甘やかして差し上げましょう」

周が真昼の努力を知っているように、真昼も周の努力を知っている。

夕飯前にジョギングや筋トレを済ませて、その上でお風呂で体力を消耗している事を知っている真昼は、蠱惑的《こわくてき》とすら取れるいたずらっぽい笑みを浮かべて、腕を広げた。

今日は薄めのブラウスを着ているせいで、布地の奥のものがふるんと揺れたのが、見えた。

「……なあ真昼、危ない事提案してるの分かってる？」

「あら、危なくないですよ。ちょっとぎゅっとするだけです」

「それが危ないんですよお嬢さん分かってます？」

周が真昼にするならともかく、真昼から周にするのは大問題だ。

恋人であるし問題ないといえば問題ないのかもしれないが、周の理性という点でかなりの問題がある。一度顔を埋《うず》めた事があるが、あれはとてもよろしくてよろしくない感触だった。

本当に分かっているのかとジト目を送る周に、真昼はゆっくりと唇に弧を描かせて、広げた腕をそっと周に伸ばして――――そっと、髪に触れた。

「……もふりたいだけ？」

「バレましたか」

くすくすと上品に笑ってみせる真昼にからかわれた事を悟って眉《まゆ》をほんのりとひそめたものの、真昼はそんな周にもおかしそうに笑うだけ。

「嫌ですか？」

「……嫌、ではない」

「嬉《うれ》しいですか？」

「……何でそういう事聞くんだよ」

「あら、嫌でなくても嬉しい訳でもないって事もあるでしょう？　微妙なのにするのはどうかと思って」

「……う、嬉しいけど、嬉しいけどさあ」

髪を触られるのも、真昼に甘やかされるのも、嬉しい。

嬉しいが、非常に複雑なのだ。素直に欲求に従って真昼の抱擁を堪能すると、確実に負けた気分にさせられるだろう。

「じゃあいいじゃないですか。いらっしゃい？」

「だ、だから、それは明らかに場所に問題があるだろ。顔突っ込んでいいのか」

「周くんが耐え切れるならどうぞ？」

（分かって言ってるな）

周が狼藉《ろうぜき》を働く訳がない、と確信した上で抱き締めて甘やかそうとしているのだ。

何て質《たち》が悪い、と自分の恋人の小悪魔っぷりに軽く戦慄《せんりつ》しながら、真昼を見る。

彼女にとって、抱き着いても抱き着かなくても、どちらに転ぼうが構わないのだろう。抱き着けばそのまま可愛《かわい》がるだろうし、耐えれば周の髪を触れて甘やかす方向にシフトするのが見えている。

真昼の掌《てのひら》の上っぷりにちょっぴり悔しい気持ちを覚えつつ、悩んで、迷いに迷って、手を伸ばした。

「……それはずるでは？」

「どっちがずるだ」

真昼の肩口に顔を埋めながら囁《ささや》けば、こそばゆかったらしく微《かす》かに体が揺れた。

流石の周も、この状況で胸を借りる訳にはいかない。本音を言えば周も男なので柔らかな膨らみに顔を擦《こす》り寄せて感触を味わってみたさはあったし、そのまま抱擁されて温《ぬく》もりをたっぷりと感じたかった。

しかし、それを自らやってしまうと次のスキンシップへのハードルが下がってより過激な事をしてしまいそうだったので、自分の枷《かせ》と戒めのためにこういう触れ方をするしかなかった。

これでも結構にギリギリなのでは、と首筋に口付けながらすりすりと頬ずりすれば、ハグ作戦を諦《あきら》めたらしい真昼が第二プランとして片手で頭を撫でてくる。

「よしよし」

「子供扱いされてる気分なんだが」

「自分もよくするのに?」

「お、俺は子供扱いした覚えなど」

「私も子供扱いなんてしてませんけど?」

子供扱いとも恋人扱いともどちらとも取れる提案をしているのは事実なので、周は反論出来ずに押し黙るしかない。

「えらいえらい」

「……言葉がどう考えても子供扱いしてる」

「褒める事が子供扱いになっても困るのですけど」

「声音の話だ」

「そんな事言われても」

子供を可愛がる時のような甘く慈愛に満ちた声で囁かれて、妙な気分になるので周は真昼の背中に回した手でぺしぺしと不服を訴えておく。

ただ真昼はそんなの知った事かと言わんばかりに周の髪を優しく撫で指を通し、ひたすらに可愛がるように触れてくる。

「甘やかそうとしないでくれ」

「え、やです」

「やですって」

「頑張りは労《ねぎら》うものですし、その頑張りに報いはあるべきです」

「だ、だからって……あのなあ」

先程の提案はどうかと思う、と内心で指摘しながら、顔を上げる。

周のご褒美タイムというよりは真昼のご褒美タイムになっている感が否《いな》めなかった。というより実際そうで真昼は体を離された事にとても残念そうな様子で「あぁ……」と名残《なごり》惜しそうな声をこぼしている。

すっかり火照《ほて》ってしまった頬を冷ましながら、周はそっと真昼の顔を覗き込んだ。

「あのさ。俺は、真昼が普段から頑張ってる事を、今更頑張りだしただけなんだぞ。いつも真昼はこういう努力を欠かしてない、俺よりずっと頑張ってるんだから、俺の事を褒めるなら真昼も自分を褒めるべきだろ」

流石に先程のようなご褒美タイムを提供するのは難しいが、それはそれとして、真昼にも改めて称賛するべきだし甘やかしが必要だと思った。

本心から盛大に褒めれば真昼が押されて今のような事はしばらく出来なくなる、という狙《ねら》いもほんの少しだけあるが。

「いつも真昼は頑張っててすごいなって思ってる。俺さ、毎日こうして自分磨きしてて改めて思ったんだよ。真昼はそれを当たり前のようにしてるけどさ、すごく手間と労力かかってるし、それに加えて勉強とか家事とかお手入れとかやってるだろ？　ほんと、尊敬する」

今真昼を褒めているのは意図しての事だが、その中身も気持ちも全《すべ》て偽りのない本心だ。

入浴と就寝時以外真昼と共に過ごしていて改めて気付かされる、真昼の努力の量。

当たり前に、平然とこなしているが、その苦労は半端《はんぱ》ないものだろう。周が基本的に、というより自宅なので料理以外の家事をきっちりこなすようになったお陰で以前より負担は減っただろうが、それでも真昼自身の家の分もあり、かなりのものな筈だ。

それでも嫌がらず、自分に課した研鑽《けんさん》を積み続けている真昼の姿は、周にとって眩《まばゆ》いものだし尊敬してやまないし、周側からも支えてやりたいと思うのだ。

「あ、う」

「俺も真昼を見習ってもっと頑張りたいって思えるんだ。……自信を持って、胸が張れるくらいに、頑張りたい。じゃないと、自分に納得がいかないっていうかさ。そりゃ、褒めてくれるのは嬉しいしありがたいけど、今みたいなのは軽々しくしない。もっともっと頑張った時にいっぱい褒めて甘やかしてほしいな」

でないと、周の身がもたない。

真《ま》っ直《す》ぐに見つめてお願いをすると、やはり褒められすぎて恥ずかしくなったらしい真昼が視線を逸《そ》らした。

「……ほ、ほんと、周くんって、一度覚悟を決めると一直線というか……ストイックですよね」

「そうか？　結構だらけてるけど」

「それは息抜きって言うんです」

「息抜きにしてはかなりぐうたらしてるけどなあ」

「どこがですか……」

どこがといえば、全体的に、だろう。

周は真昼の言ったストイックという評ほど自身に厳しくはない。ストイックというのは真昼の方が相応しいまである。

適度に息を抜きつつ自分が出来る範囲での努力を重ねていく、というのが周のスタンスであって、自分を追い詰めるほどのものはしない。

したところでいずれ体か心を壊すだろうし、真昼を悲しませる事になるのも見えていたからだ。

その塩梅《あんばい》と見え方が上手《うま》かったお陰で真昼にここまで言わせているのだろう。

「俺はさ、自分の事、嫌いじゃなかったけど好きでもなかったんだよな。誇れるものがなかったし、自堕落だったからな」

「……出会った時の周くんでしたら、否定は出来ません」

「だろうなあ。……俺は、俺の事を好きになりたいんだ。努力出来ない自分が好きじゃないって訳じゃないけど、目標を持って努力する自分の方がより好ましいだろ?」

結局のところ、周が自分に自信が持てなかったのは、自分の事が好きではなかったからだ。

いい加減で、面倒くさがりで、言い訳ばかりの臆病な自分が。

真昼に見合うような男になるための努力をし始めて、過去の屈辱と後悔と恐怖、それらを全て乗り越えて昇華して、ようやく周は自分の事が好きになれそうだった。

「それに、いい男になりたいからな」

「モテたいと?」

「そ、そういう訳じゃなくてさ。前にも言ったけど、やっぱり自分に自信は持ちたいし、自信に満ちた男っていい男に見えるだろ。真昼の隣で胸を張るためには、いい男になるって事なのかなって」

「周くん……」

「まあ、まだまだなんだけどな」

　理想を高く設定しすぎている訳ではないのだが、隣で笑ってくれる彼女と釣り合うくらいの男となると、かなりハードルは高い。

　ただ、諦めるつもりはない。

　真昼のため、なんて事は言わない。自分のために、自信が持てるように、自身で誇れるように、周は努力を続けるつもりだ。

「だから、俺自身が自分に納得がいかないから、俺自身のために、頑張るつもりだよ」

「はい。改めて、周くんがなりたい自分になる事を応援してます」

「うん」

　以前にも応援してもらったが、あの時とは違う。

　真昼は、周がどうして努力するのか理由としては理解していなかったが、今回は、周がどうして努力するのかを理解した上で、その背を押してくれた。

　真昼が周をそのまま好きになってくれている事は身に沁《し》みてよく分かっているし、真昼は周に「そんなに頑張らなくても好きな事には変わらない」と言う事も出来ただろう。

それでも周の意思を尊重して見守ってくれる事を選んだ事が、周には何より嬉しかったし、より努力を重ねて真昼も惚《ほ》れ直すくらいの男になろう、と思えるのだ。

「よし、がんばろ。真昼にもっと惚れてほしいし」

「こ、これ以上にですか⁉」

「うん。だって、その方が俺も嬉しいし、真昼も好きな人が立派な事が嬉しい。いい事尽くしだと思うんだけどなあ」

この上なく好きだと感じてくれているなら嬉しいが、周がもっといい男になった時に更に増える可能性だってある。そもそも周の真昼への好意が留《とど》まるところを知らないので、真昼もそういう可能性はある。

より好きになってもらえるなら、努力を惜しむ要素などない。

「……これ以上好きになってしまったら、私、普通の生活出来なくなっちゃいますますけど」

「大袈裟だなあ」

「大袈裟じゃないですもん」

自制心の強い真昼が駄目になってしまうなんてあり得るのだろうか、と周としては懐疑的なのだが、当の本人は本気でその可能性を恐れているようだ。

からかわないでほしい、という表情に、周は「ごめんな」と膨れそうな頬を鎮めるために指先で宥《なだ》めると、その盛り上がりは唇に移動して軽い山を築き上げた。

「まあ、その時は俺がだめだめにした責任を取りますので」

「……言質《げんち》取りましたからね」

「うん。ちゃんと覚えていて。後悔させないから」

沢山居た男性から周を選んでくれたのだから、その選択を悔いるような事をさせる訳がない。

きっぱり言い切った周に、真昼は大きく見開いた後、きゅっと唇を噛《か》んで。

「周くんはたらしです」

「何でそうなったんだ⁉」

急に訳の分からない疑惑を急に植え付けられて目を剥《む》いた周に、真昼はぷいっとそっぽを向いた。

傍から見た二人は

「周《あまね》くん、お買い物に行きませんか？」

真昼《まひる》と付き合いだしてしばらく経《た》ったある休みの日。

もはや日常になりつつあった真昼の周宅訪問に「いらっしゃい」と快く出迎えた周に、真昼は挨拶《あいさつ》もそこそこにそう提案した。

リビングに一緒に向かっている途中に切り出されたものだから余程行きたいという意思が強いんだろうな、と察した。

基本的に普段の真昼は押しが控えめだ。○○がほしい、○○がしたい、○○に行きたい、という願望はほとんど口にしないし、しても「周くんが嫌でなければ」という前置きをした上で頼んでくる事が多い。

そんな真昼がはっきりと誘ってきたのだから、周と行く明確な目的があるのだろう。

「いいよ、今日特に用事ないし」

お互いにソファに座ってから周も承諾すると、分かりやすく真昼の表情が明るくなるので承諾した側としてはつい笑ってしまいそうになる。

ぱっと笑顔が花開く姿を見ると、そんなに嬉《うれ》しいのか、とこちらも上機嫌になっていた。

「何か欲しいものがあったのか？」

「はい、その、色々と」

「分かった。荷物持ちは任せろ」

恐らく周と出かけるのが嬉しいのはあるのだろうが、色々欲しいものがあるという事はショッピングバッグを引っ掛けるために歩くポールハンガーとしての役割も必要としていたのではないか、とも思うのだ。

最近の周は筋肉もそれなりについてきたので、多少重いものなら余裕だぞという気合を込めて真昼を見るのだが、一気に彼女の瞳《ひとみ》がじっとりとした呆《あき》れを含んだものになった事に気付く。

「もう、何でそうなるんですか……周くんと、買い物したい、のです。周くんと、が重要です。分かりますね？」

半分冗談のつもりだったのだが、真昼は勘違いをしないでほしいらしく笑顔で念押ししてくる。

その圧力といったら周が気圧《けお》されるもので、周は素直に「お、おう、そうか……うん、分かった」と頷《うなず》かされていた。

「まったくもう。周くんと一緒に選びたいものがあるから、周くんと行きたいんですからね？周くんを荷物持ちとして利用したいとかそういう考えではないのです。いいですね？」

「ごめんごめん。女心を分かってなかった俺《おれ》が悪かったです」

「よろしい」

彼女が周を咎《とが》める、もしくは彼女が拗《す》ねた際、ぺしぺしと周の体に可愛《かわい》らしい攻撃にも満たないスキンシップを図る、と付き合いだしてから増えた行為を改めて認識して、真昼に隠れて笑う。

しばらく発散させていたら真昼も落ち着いてきたらしく、ぺしぺしがぺたぺたになってきたあたりを見計らい、周は可愛らしい主張をしていた真昼の姿を真正面から映す。

「何買いに行くんだ？」

肝心の買いたいものを聞いたら、真昼は何故《なぜ》か唇を結んだ。

「真昼？」

買い物に行きたいという強い意思を見せていたというのに、その内容を聞いた途端に黙り込んでしまう真昼。

あまりにもテンションの落差が激しくて戸惑うしか出来ない周に、真昼のチラリとした視線が向いた。

「……その、引いたり怒ったりしませんか？」

本当に、何を買おうとしているのだろうか。

「俺が怒るってのはあんまりないと分かってると思うけど」

「じゃあ引きません？」

「引くもあんまりないからなあ。とりあえず話を聞かせてくれない事には始まらないと思うけど」

真昼はかなり常識的で良識的な人であるので、周が不快に思うようなものを買うようには思えない。

そもそも周と一緒に買いに行きたいというのだから、変なものではない、と思う。

それなのに話すのを躊躇《ためら》っているあたり、何かしら気まずいものがあるという事だろう。

変なものではないけれど周にそれを堂々と言うのに抵抗があるもの、と考えてみるものの、さっぱり分からなかった。

真昼にはいいけど周が引いたり怒ったりするもの、と考えると周に見せたらそういう反応をするもの、という事で、散々考えた結果ランジェリーの可能性はありうるのではないか、と。

ただそれなら真昼が恥も一切なく誘うというのは考えられなかった。

そういうものを真昼は他人に見せたがらないし、そもそも周と真昼は肉体的な結びつきがある訳でもない。その状態で堂々と一緒に選ぶ、というのは真昼の性格上考えられないものだ。

だとしたら一体何を買いたいのか、周にはもうさっぱり見当がつかなかった。

「……い、いえその、ですね。……私、周くんのおうちで過ごす事、増えたでしょう？」

そんな周の戸惑いを解決せんとばかりに、控えめな声が紡《つむ》がれる。

「増えたっていうか大体お風呂《ふろ》と寝る時以外はこっちに居るよな」

「お付き合い、始めたじゃないですか」

「うん」

「ですから、その、も、もう少しだけ、その、私物、増やしてもいいですか?」

「え、うん」

つまり、周の家に自分のものを増やしたい、周の家だからデザインにも気を使いたい——そういう事だったのだろう。

あまりにも可愛らしくいじらしい願い事に、一瞬浮かんだ自分の不埒《ふらち》な想像の下衆《げす》さを嘆きたくなった。

それはおくびにも出さずに、真昼の細やかで控えめなお願いを快く、躊躇いもなく受け入れると、提案した側の真昼の目がまんまるになっていた。

「……あっさりですね」

「そりゃ真昼はうちに居る事が多いんだからさ、過ごす時間が増える分物も増えていくものだろ」

そもそも現時点でもちょこちょこ真昼の私物はある。ヘアケア用品やいくつかの参考書や筆記用具、レシピ本など、真昼に必要な最小限のものが置かれていた。

特に邪魔に思った事はないし、幸い周の家は一人暮らしにしてはどう考えても広い。セキュリティや利便性、立地に拘《こだわ》った両親のチョイスであり周には過ぎたものだと思っていた、のだが、真昼と過ごすようになってからはこの広さが非常にありがたいものになっていた。

真昼のものが増えるのはウェルカムだと彼女の頭をぽんぽんと勇気付けるように軽く叩《たた》くと、真昼はおずおずといった様子でこちらを窺《うかが》っている。

「どうした？」

「……その、お、お揃《そろ》いとか、も、いい、ですか？」

「お揃い？」

一体何を、という周の疑問を感じ取ったらしい真昼が、気恥ずかしそうに続ける。

「今、食器とか、私の家のものと周くんのおうちのもの、混ざってるじゃないですか」

「そうだな」

周は本当に必要最小限の食器しか用意していなかった。一人暮らしであったし、料理も大して出来る気がしなかったので必要としなかったのだ。

家から持ってきた安物のお皿をそのまま使っている感じで、時々割れた、正しくは周がうっかりして割ったのだが、破損しているせいで量も減っている。

真昼が来てからは真昼が持参したものを混ぜて使っているのだが、なるべく色味が似ているものを使っているものの、食卓に並べた時に統一感がないのは事実だ。

「あの、一緒の、使いたいなって」

「……うん」

「で、でもですね、食器が足りてない訳じゃないし、邪魔になるなら」

「いいよ、買おうか。家の食器は最低限の安いものだし、増やしてもスペースは全然あるから」

その、お揃いを求める真昼の気持ちを、拒む訳がない。

「というか、そのあたり真昼の方がよく知ってるだろ。真昼の方がキッチンに長く居るし、俺がうっかり割ってるの見てるんだからむしろ増やしたいくらいだよ」

確実に、家主よりも彼女の方が、台所周りの事を把握しているので、皿の枚数やスペースについても理解しているだろう。

真昼が新しく買い揃える事を躊躇《ちゅうちょ》しているのは、それを自分の意思で推し進めていいのかという事と、買い揃える資金はどこから出るのか、というところな気がした。

前者は周側からばっちこいだし、後者については、実は周はここに引っ越ししてきた際に用意された資金の三分の一程が、口座に残っている。

元々大した物欲がない上に大抵のものは実家から持ち込んだものや両親が手配したもので事足りていたため、そこまで新しく買い揃えてはいない。

それに周は普段の真昼のお陰で食費は大分抑えられているし、必要な物を必要なだけ買う性格から、無駄遣いは実はそうしていなかった。

故に普通に口座に余らせている状態なので、多少ものを買い揃える程度で生活に困る事はない。

余分にお金がかかるだろうに一人暮らしを許してくれた上に周の生活を保障してくれている両親には、本当に感謝しても感謝し切れなかった。

わざわざ言うつもりはないが、言ったとしても両親も真昼と一緒の食器を買いたいというお願いを咎める事はないだろうし、むしろ『新生活の準備は大切』とか言って余分な金を振り込もうとしてきそうだ。

「……強制するつもりはないです」

「お揃いの食器の方が一緒に食べてる感あっていいと思うけど？」

「……はい」

言い出した側が遠慮がちになっているので、大丈夫だと安心させるように抱き締めて背中を擦《さす》る周に、真昼は大人しく体を預けて嬉しそうに小さく頷いた。

善は急げとばかりに早速ショッピングモールにやってきた周は、真昼が「中にお気に入りの食器屋がある」という事で素直に彼女についていく事になった。

あまり人で混みそうなこういった商業施設に出かけない周としては、知り尽くしている感を滲《にじ》ませつつさくさくと手を引いて進んでいく真昼が頼もしかった。彼女の歩調がいつもより速くて楽しげに弾んだものな事を指摘しないまま、周は笑いながら彼女のナビゲーションを楽しむ。

ややあって辿《たど》り着いた店は、どうやら北欧の食器を中心に並べているお店らしい。

ぱっと見ただけでも瀟洒《しょうしゃ》な雰囲気のお店であり、シックな音楽が耳をくすぐる。

陳列された食器は洗練されたシンプルながら華やかさのあるもので、真昼が好きそうだな、という感想が浮かぶ程度には上品なデザインをしていた。

「ここ、そんなに値段が張らないのにデザインとか耐久性しっかりしてるんですよ。私のおうちでも使ってます」

「だから迷いなくここに来たんだな。おすすめのもの、共有したかったんだ」

「だ、駄目でしたか？　その、周くんの好みに合わないとかでしたら他の店舗もありますし」

「おばか、なんで責めてないのに責めてる風に感じてるんだよ。単に真昼が好きなものを教えてくれるのが嬉しいだけだよ」

食器類に関しては明確にこれといった好みがない周としては、こうして真昼が好きなものを手にしてこれがいいと望んでくれるのはありがたい事だ。

一緒のものを使うなら、お互いに納得のいくものがいいに決まっている。

譲れる部分は譲り合うのが円満の秘訣《ひけつ》だと両親から聞いていたので、特に拘《こだわ》りがない側が拘りのある側に優先させるのは当然と感じていた。

「真昼が好きなものを使えるの、嬉しいだろ、お互いに。真昼だって俺が好きなものを喜んでいるのを見るの、嬉しくない？」

「もちろん嬉しいです」

「ならよかった」

この感性が違っていたら、後々こじれる事が予想出来る。真昼が周と同じように好きな人の喜びを喜べる人である事を感謝した。

お互いに嬉しいなら感じる嬉しさも二倍、と堂々と言ってそれを実行している両親の偉大さを感じながら、周は先程よりも嬉しそうな真昼の手を握って店内に入る。

棚にお行儀よく整列させられた食器の数々は、どれも品のあるもの。

食器によくあるリアルな花を淡い色彩で描いたようなものの類は使おうとは思わないのだが、ここに並ぶ食器は、どちらかといえばパターンとしてデザインされた花が描かれたもの。

すっきりとした線と色合いで表現されたものは周的にも使うのに抵抗はない。

「よく使うサイズのものを絞って買いたいですね。私、ついデザインよいと手に取っちゃうのですけど、使いにくい形や大きさのものを買っても仕舞い込む羽目になるので……」

沢山種類がある食器を吟味している真昼は、小さく呟《つぶや》く。

「その気持ちは分かる」

衣類と似たようなところがある。

これいいな、と思ったデザインの好みのものを買っても、結局シーズンに合わなかったり手持ちの衣服との組み合わせが悪く、タンスの肥やしになる事はままあった。

(まああんまり出かけないせいってのも大きいけど)

そもそも誰《だれ》に見せるでもなくお洒落《しゃれ》するタイプでもないので、好みだからと買った後に無駄遣いだったと悟った時の虚しさは幾度となく経験してきた。

今回の皿も、それと同じだ。

どれだけ好みのデザインだからといって、普段使い出来ないものでは意味がない。食事をよそうのに不便なサイズや形なら、買ったところで早晩棚の奥深くで目覚めるかも分からない眠りに就く事になるのが見えている。

「二人で一つずつ使う訳ですから、ダイニングテーブルの大きさとかと加味して考えないといけませんね」

「うちんちの大きい訳じゃないからなあ」

もう一つの問題として、そもそも置く場所の幅だ。

正直周宅のダイニングテーブルは一人から二人向けのもの。どうせ誰かを呼ぶでもないしと自分一人なら困らないコンパクトなものを買ったのだが、今となってはそれが裏目に出ていた。

「もうちょっと大きい方が使いやすかったって今なら思うけど、決めた当時は一人だったんだよな」

「まあ、いずれ大きいものを買う事を考えればいいのでは？　今のところはなんとかなってますし」

「そうだな」

もし今後困るならまた買い替えを検討しよう、と頭の隅に置いて、真昼の移動に合わせて周も売り場を移動する。

真昼好みの店とあって、真昼がよく立ち止まってはじっくりと品定めをするので、なかなか決まらずにいた。

「うーんどれもよくて悩んじゃいますねえ」

「楽しそうで良かったよ」

「二人でお出かけの時点ですごく楽しいのですけどね。楽しくてついつい余計なものまで手を取ってしまいそう」

「普段節制してるからたまにはいいんじゃないのか」

「駄目ですー。当初の目的忘れそうになるので周くんがストッパーになってくださいね」

「任せろ」

多分そのストッパーの出番は真昼の自制心で来ないと思うが、頷いておく。

その返答に更に気を良くしたらしい真昼がうきうきした様子であぁでもないこうでもないと皿を比べて悩みモードに入ったので、彼氏としてはその姿が何とも可愛らしくてついつい笑ったまま眺めてしまう。

こういう時に自分の意見を言わない事はもしかしたらよくないのかもしれないが、楽しんでいる真昼に水を差すつもりはなかった。

上機嫌に「自宅にこれいいかも」と誰に聞かせるでもなく呟いて、周の腕に提《さ》げていた買い物かごの底に小花と蔦《つた》の模様が縁に描かれたシンプルな平皿を置く真昼は、やはりご満悦そうだ。

「……真昼って自分の家でも食器こだわってる?」

「ええ、まあ。お気に入りの物を厳選してます。単純に、綺麗《きれい》なお皿とか好みのお皿で食べるのって気分が良いのですよね」

「まあ分かる。何か見ていてテンション上がるし美味《おい》しく感じるよな」

基本的に無頓着な周でも、見た目が華やかな方が美味しそうに感じるし、食べる意欲が増す事は実体験である。

「ご飯食べるだけなら、本当に洗い物の手間を省くならフライパンとかなべそのまま食卓に置いて取り皿として紙皿を使えばいいんですけど、それだと味気ないですからねえ」

「楽ちんだけど何か楽しい食卓にはならないなあ」

「味が一番大事ですけど見た目も大事ですからねえ。人間と一緒です、ぱっと見の印象から入るものですからね」

「真昼がそう言うの意外だな」

外見で判断されがちな真昼はあまりそういった事を言わないかと思っていたが、苦笑いと共に首を横に振られる。

「お料理と一緒ですよ、ぐちゃぐちゃに盛られたものって食指が動かないでしょう？　食べてもらわないと、味は分からないじゃないですか」

「まあそれはそうなんだけどな」

「人間でも同じですよ、第一印象が良い方が関《かか》わろうって気になりますし、中身を知ってもらいやすくなりますからね。まあ、この場合の見た目は、綺麗とか可愛いとかより清潔感の問題ですよ。最低限の見た目を整えてない人って関わろうってあんまり思わないじゃないですか」

「うっ」

「何でそこでダメージ受けてるんですか」

「いや、ちょっと前まで見た目を気にしてなかった人間なので」

周は真昼と歩けるように努力を始めるまでは、見かけに無頓着だった。

別に不衛生でなければいいだろうというくらいで、服のアイロンかけはいい加減だったし前髪も伸ばして結果的に陰鬱《いんうつ》な雰囲気になっていた。不衛生ではないが、爽《さわ》やかさの欠片《かけら》もない見かけだったと今なら反省している。

「周くんの場合は不潔って感じはしませんよ、暗いなとは思いましたし部屋は汚かったですけど」

「うっその節はお世話になりました」

「ふふ、今は自分で出来るようになってるのでえらいですよ？」

「何でもかんでも頼りっぱになる訳にはいかないだろ」

「向上心があるのはよろしい」

いい子いい子、と背伸びして頭を撫《な》でてこようとする真昼に待ったをかけると、彼女の顔に不満がありありと描かれるのだが「ここ、外」と短く告げると一気にその不満が抜けて代わりに羞恥が頰《ほお》を彩《いろど》った。

周も外で撫でられるのは勘弁願いたかったので、すんでのところで制止出来た事にほっとしつつ、少し、もったいないと思ってしまった。

「と、とにかく」

お外でやらかしかけていた事が恥ずかしかったらしく、真昼は若干上擦《うわず》った声で続ける。

「やっぱり素敵なお皿の方が食卓が豊かに感じますし、お洒落で気分がいいのでほしいなと。でも周くんの好みもありますから」

「俺はあんまりより好みしないというか、うん。さっきも言ったけど、真昼の好きなデザインのものがいいな。真昼の審美眼を信用してるし、真昼の好きなものを俺も好きになりたいから」

「……そういう急に口説くのやめてください」

「口説いてないだろ」

「もう」

どこがだ、という眼差《まなざ》しが突き刺さるのだが、周的には口説いたつもりなど一切《いっさい》ないので言いがかりをつけられている感覚である。

ぷりぷりと可愛らしく怒りにも満たない拗《す》ねを見せた真昼は「これだから周くんは」とよく聞く台詞《せりふ》をこぼして、予《あらかじ》め選んでいたらしい二つの皿を一旦《いったん》かごに入れ並べた。

「こっちとこっちはどっちがいいですか？」

そう示されたのは、白地に青と黄色で構成された幾何学的模様の描かれた皿と、ミントグリーンの美しい地に白で草木を描いた皿。

どちらも華美でないがインテリアとして飾れそうな美しさのあるものだ。

周的には服はとにかく、小物は明るめの淡い色よりはっきりした色の方が好みなので、素直に白地に青と黄色の模様が入ったものを指さす。

「俺はこっちがいいけど、真昼は？」

「じゃあこちらで揃えていいですか？」

周の意見をあっさりと受け入れた真昼がもう一つの皿を元の場所に戻して周の選んだものをかごの中に二枚入れるので、周としては真昼が楽しみにしている選択を周に委《ゆだ》ねていいのかと不安にすらなった。

「いいけど、遠慮してない？　真昼の好きなものでいいんだぞ？」

「何でそうなるんですか……。最初に言いましたけど、私は、周くんと一緒に決めたいんです。どちらも同じくらいに好みなので、それなら周くんの好みも入れた方が、使う時にもっと楽しくなるでしょう？　私も、周くんの好きを好きになりたいです」

真昼に言った事を同じように返された周は、真昼の「これだから」という言葉の意味を実感して、胸の奥から浮かび上がってくる羞恥心と、それに勝る喜びを噛《か》み締《し》める。

「……そうだな」

小さく返して頷けば、真昼は周に仕返し出来た事が満足だったのかにっこりと笑って、周の腕に寄り添う。

「さ、粗方《あらかた》目星は付けましたので、一緒に選びましょう。……いいですか？」

「うん」

これも一緒に居る喜びなのだろう、と胸に深く染み入る歓喜に身を浸しながら、周は柔らかな笑みで手を引く真昼に同じよう微笑み返した。


二人で一緒に使う皿やスープマグを選んだ後、真昼は食器とは関係ないコーナーで足を止めた。

ここは見た感じ食器屋ではあるのだが、キッチン用品全般置いてあるらしく、調理器具なんかも置いてあった。

真昼が吸い寄せられるように向かった陳列棚には、華やかなデザインのお弁当箱や水筒が並べられている。

「このコーナーも見ていいですか？」

「いいけど、真昼自分のいくつかあったよな。壊れたのか？」

「……周くんのですけど？」

「俺の？」

急に自分の話になって目をしばたたかせる周に、真昼は「分かってなさそうですけど」と続ける。

「だって私と周くんの食べる量違いますし。周くんは男性にしては少食だと思いますけど、私よりは普通に食べるじゃないですか。私のお弁当箱だとちょっと足りないかなって。タッパーだとこう、味気ないというか」

「あ、あー」

付き合い始めてからは、真昼と堂々と昼食をとれるようになったし、真昼にお弁当を作ってもらう事がそれなりにある。

その際は真昼の家にあるお弁当箱を使用している。真昼と共に昼食を食べるならお重に詰めてくるし、周が樹《いつき》達と食べる時は二段の箱に両方おかずを詰めておにぎりは別に丸めて用意となっていた。

別に入れ物にこだわりはなかったのだが、真昼の「タッパーを持たせるのはちょっと私の美意識的に許せないというか」という主張から真昼の都合のいいようにやってもらっていた。

「お手間をかけさせてすみません」

「毎日ではないですし、作るにしても大半が作り置きか昨夜の残りですから手間ってほど手間でもないですよ。そもそも周くん、寝起きでもお弁当作りのお手伝いしてくれているでしょうに。周くんが美味しいって言ってくれるの、嬉しいですし苦じゃないですよ」

「いつもありがとうございます。日々美味しい思いをしています」

定期的に彼女のお弁当を食べられるという男子高校生なら羨《うらや》ましい生活をしている自覚のある周は、天使を超えて女神のような慈愛の心を見せてくれる真昼に脳内でひれ伏して拝んでおく。

「ふふ、こちらこそ美味しく食べてくださってありがとうございます」

どこまでも心優しい真昼だが、やはり負担は大きいものだと思うので、決して毎日作って欲しいなんてとても言えない。

真昼の言う通り作り置きや夕食を多めに作って翌日に持ち越したものがおかずではあるが、お弁当に十中八九入る、というか入れてもらっている出汁巻き卵は朝からきっちり作ってくれているし、事前に味付けして寝かせておいたものを過熱する系のおかずは朝からしっかりと焼いている。本来真昼がその時間休めたかもしれないのに。

本当に、感謝してもし切れない。

むしろ周が真昼のためにお弁当を作るべき、まである。夕食は自分も補助に入っているとはいえ、彼女が大半を担当しているのだから、周がお昼ご飯を用意すべきなのだ。

「今度は俺が作ってみてもいい？」

「周くんが、ですか？」

試しに提案してみれば、今日一番の驚きの顔を浮かべる真昼。

「あ、もしかして腕前的な問題を心配されてる？　一応作れるぞ？」

流石に真昼も周がそれなりに料理の技術を身に付けてきている事は分かっていると思うが、過去の周を知っているが故の心配もあるかもしれない。

これでもかなり上手《うま》くなったし真昼にご飯を振る舞った時の感触も悪くないので、提案自体はお弁当も何とかなるだろう、という考えなしではあったがある程度なんとかなるという確信はあっての提案だった。

「いえ、最近の周くんを見て下手と言える人は居ないと思いますけど。手際かなりよくなってますしちゃんと美味しいですもん」

「そりゃありがとな」

「で、でも急にどんな風の吹き回しですか？」

「いやほらさ、真昼にばっかり任せるのは俺的にはあんまりよくないからさ。それに、俺も真昼に作ってあげたいなって」

基本的には真昼への負担が激しいので、周がその負担を分けて自分の背中に乗せる事が出来るならそうしてあげたい。

　自分がしてもらって嬉しいからといって相手が喜ぶとも限らないが、もし真昼が喜んでくれるなら周だって進んで真昼にお弁当くらい作る。やってもらって嬉しい事を相手に返して嬉しいの連鎖が作れるなら、積極的に試したいところだった。

「だめ？」

「う、嬉しいですけど……その、いいのですか？」

「何が？」

「……人に見られますよ？　私が食べてると」

　つまり周囲の生徒からまず見た目上の評価は下されると思っていい、という事なのだろう。

「う、まあそれは仕方ないよ。まずそうって言われたら俺が悪いって言ってくれたらいいから」

「言われた時点でその人と距離を取る事を考えますね。最悪関係を切りますよ」

「過激すぎませんかねえ」

　不味そうに見える料理を作るつもりはないが、別に他人の基準で酷評されたところで真昼が満足するならそれでいい、というつもりなのだが、真昼的には彼氏が侮辱されたと感じてしまうそうだ。

「だって、彼氏が頑張って作ってくれたと知った上で目の前で堂々と謗《そし》る人と親しくしても、また何かに付けて言ってくるでしょう。まあ、そういう人と親しくなった覚えはありませんけどね」

「俺も人の事を言えた義理じゃないけど、厳選されてるよな、関わりが」

「こういうと人聞き悪いですけど、交友関係は選ぶべきだと思ってますので。自分や大切な人を損なう人間を側《そば》に近づけたいとは思いませんから」

「そりゃごもっとも」

この場合の選ぶべき、というのは自分にとって害になるかそうでないかというものだろう。

人間、周囲に居る人に多かれ少なかれ影響される。

つまり自分を作り上げるのは周囲の環境という事になり、その周囲の環境に問題があるなら自分もそれに影響されてよくない道に進む可能性が高くなる、という事だ。

「……というか、周くん、別に不味そうな料理とかもう作らないから言われないと思いますけどね」

「どうだかねえ、努力はしてるけどさ」

「私、周くんが料理上手くなってるの一番分かってるんですからね。あなたの横で見てきましたもの」

周が上手く作り上げる事を微塵《みじん》も疑っていない真昼に、周はその深い信頼にじんわりと体が熱くなるのを感じながら、破顔した。

「じゃあその努力の成果を遺憾なく発揮させてもらいますとも」

「楽しみにしちゃいますよ？」

「期待は程々にしてほしいな」

いたずらっぽい笑みで周にほんのりとしたプレッシャーを与えてくる真昼の手を軽く握り直して、周は「期待に沿えるように頑張らなきゃなあ」と呟いた。


「あとは買った方がいいものありましたかねえ」

食器や新しい弁当箱をかごに入れてだいたい当初の目的のものは集まった事を確認した真昼は、他に洩《も》れがないか思い返しているようだった。

「コップは周くんとお揃い前に買ってましたし」

「んー、あるとしたらカトラリー系？」

「あ、そうですね。折角なら同じものがいいです」

食器を揃えるならカトラリーも二人で同じような意匠のものを使った方が気分がいいのではないか、という提案に真昼は頷く。

「といっても、うちにあるスプーンとかフォークはシンプルな柄のデザインですから同じものを使ってるんですけどね。揃えるなら箸《はし》ですね、この店には流石にないですけど」

北欧食器を主に置いている店なので、可愛いデザインの箸はおまけ程度に置いてあるのだが、和食に合いそうな柄、というか素材の箸は見つからなかった。

「他のお店探さなきゃ」

「そうだな。まあ箸に困ってはないけど、今種類違うやつだから出す時面倒なんだよなあ」

「予め仕分けしてないと慌てている時に間違えやすいですからね」

面倒だったので、現在百円均一で揃えた同じ柄で色だけ違うプリントがされた箸や逆に無地で真《ま》っ直《す》ぐな木の箸という統一感のない箸を使っている。

必要分以外捨てれば早かったのだが、面倒だからとそのままにずるずると使い続けて来た結果取り出す時に面倒だしそもそも安物の箸はプリントが剝《は》げ始めているしで、収納場所は雑然とした光景になっていた。

折角だしよいものを長く使うという真昼のモットーに従ってよいものを選んで使っていきたいが、流石にそういうものになると専門店に行くのが無難という事が周でも分かる。

「箸を選ぶならこのモール内にお店がありますので、そちらに行きましょうか。多分、その、お揃いとかも出来るでしょうし」

「そうだな。あ、でも真昼の手ちっちゃいから多分俺とおんなじのだと使いにくいと思うぞ、買うならサイズは変えておこうか」

繫《つな》いだ手をにぎにぎとすると、分かりやすく「むぅ」という不満の声が聞こえてくる。

確かに意匠はお揃いにしたいが、サイズまで同じにするとどちらかが使いにくくなってしまうので、ここまで一緒にする必要もないだろう。

「真昼の手は小さくて可愛いサイズだからなぁ」

「馬鹿《ばか》にしてませんか」

「してないって。ほら、包み込めるサイズで俺的には嬉しい」

繋いだ手を一度離してから真昼の手を上から覆《おお》うように軽く握ると、真昼の小さな掌《てのひら》は何の抵抗もなく周の掌に収まってしまう。

すっぽりと収まった手と周の顔を交互に見る真昼に「ほら丁度いいだろ」と囁《ささや》き笑いかけた周は、真昼の眉間に出来ていた小さな皺《しわ》がほぐれた事を確認する。

「……今回は誤魔化《ごまか》されておきます」

「誤魔化されてくれてありがとう。ほら会計しようなー」

小さいと言われる事はあまり好きじゃなくとも褒め言葉の可愛いだと素直に受け入れてくれる真昼にひっそりと笑ってレジはどの方向だったかな、と周囲を見回す。

少し奥まった位置にレジカウンターがあるので、そちらに向かおうとした時、ふと近くでカップルらしき男女が親しげに話しているのが、耳に入った。

「これがいいんじゃないのか?」

「えー、ださーい」

「おいこら」

「冗談だってもう。今日から一緒に暮らすんだからしっかり選ばないとね。折角だもん」

どうやら同棲《どうせい》を始めるらしい彼らは、身を寄せ合いながら食器を手に取り笑い合いながら選んでいた。

お互いに熱量たっぷりで、見ているこちらが熱くなるような会話を繰り広げながらかごに次々と食器を入れて楽しそうに笑い合っている。

その姿を見て、周は、立ち止まった。


あれ、と。

もしかして、自分達も、周囲からこう見えているのではないか？　と。


そう気付いてしまった瞬間、一気に顔から火が噴き出たのではないかと思うくらいに顔に熱が集まって、顔の表面が炙《あぶ》られたような痛痒《つうよう》を感じてしまう。

当のカップルは周達の存在は気にも留めていないようでさっさと他のコーナーに移動していた。

「周くん？」

急に歩みを止めた周を心配そうに見上げる真昼が、直視出来ない。

「……なあ、思った事言ってもいい？」

「……これさ、同棲カップルの買い出しみたいじゃないか？」

「はい？」

自分で抱え込むには熱が大きすぎて内側が焦《こ》げそうなので、真昼にもお裾分《すそわ》けという名の延焼を試みれば、すぐ側《そば》でぼふっと勢いよく沸騰している彼女の姿が視界の端に映る。

小さな声で「ど、ど、ど」と音楽を作りかねない勢いで震える口から垂れ流している真昼は、周と同じように火照《ほて》り切った頰を、余っている片手で押さえている。

繋いだ手を振りほどかない事が、余計に周の熱を維持する燃料になっていた。

ぷるぷると震えて挙動不審になった真昼は、しばらくすーはーと深呼吸を繰り返した後に、周を見上げる。

滴り落ちそうなほどに濡《ぬ》れたカラメル色の瞳には、羞恥《しゅうち》と混乱がありありと乗っていて、その奥に莫大《ばくだい》な熱と期待のようなものがちらついていた。

「……ま、まだ、早いです」

「そ、そう、だな。まだ、早いな」

まだ、早い。

そう言って今にも逃げ出しそうな様子で周の手を引いてやけ気味にレジに向かう真昼に、周は体内の熱を何とか収めながら口の中で「まだ」という言葉を転がしながら、彼女の導くままに会計に向かった。

いずれ呼ぶ名を

基本的に、真昼《まひる》は誰《だれ》に対しても敬語を崩さない人だ。

歳上《としうえ》でも歳下《としした》でもそのスタンスは変わらないらしく、教師や同級生、更に下級生に話しかけられていた時も敬語を使っていたし、店の店員や近所の人、果ては迷子の子供に対しても同じように接している。

では特別な相手はどうなのかと言えばそれも変わらず、一番親しい友人である千歳《ちとせ》にも、更に彼氏である周《あまね》に対してもその言葉遣いは変わらなかった。


「真昼って誰に対しても敬語だよな」

不思議に思って、夕食の後につい聞いてみたら、真昼は長い睫毛《まつげ》を揺らしながらぱちくりと瞬きを繰り返した。

あんまりに急な質問だったので戸惑わせた事は申し訳ないのだが、口を出てしまったので後悔も今更だった。

特に気分を害した様子でもない真昼は「そうですね、慣れすぎてあまり意識する事もないのですけど」と笑って紅茶を口にしている。

「何か敬語の理由ってあるの？」

それならと気になっていた事を追加で聞くと、静かにカップをテーブルに置いた真昼は少し考え込むように目を伏せる。

「うーん……理由、が、ちょっと言いにくいというか」

「言いにくい？」

「単純に丁寧に聞こえるように、っていうのが大きいのですけど……人との距離感を一定に保ちたいから、というのがありますね」

言葉通り言いにくそうにしている真昼は、周の視線を感じたのかへにょりと眉《まゆ》を下げて困り顔を浮かべる。

「こう、ある程度交流すると近くなるじゃないですか。物理的にも心理的にも」

「まあそれはなあ」

「私、自分のパーソナルスペースが広いタイプですので、たとえある程度仲が良くなっても、そこに踏み込まれると一歩引いてしまうというか……反射的に引いてしまうんですよね」

「俺《おれ》が踏み込むのも嫌？」

「そ、そんな事は！　というか周くんにパーソナルスペースに入られるのが嫌ならそもそも隣りに座ってません！」

正直否定される事は分かってて聞いたのだが思ったよりも強く否定されたのでやや気圧される。

「その、別に隔意が強い、とまでは思ってないのですけど……何というのでしょうか。それ以上は踏み込まないでほしい、という気持ちが言葉遣いに出た、と言えばいいのか。癖《くせ》になってるのですよね」

真昼が言わんとする事は理解出来た。

基本的に真昼は社交的であるし誰に対しても笑顔で振る舞うが、本質的にはやや内向的であり大人しく静かに過ごす事を好むタイプだ。プライベートではその傾向が顕著で、あまり他人を近づける事を好まないのは見て取れる。

周と居る時も常に会話で溢《あふ》れているという訳でもなく、お互いに静かに各々《おのおの》好きな事をしているのも多い。すぐ側《そば》に居ても拒まれないしむしろ喜ばれるのは周が特別だからであり、誰に対してもという訳ではない。

そんな真昼が自分の安心出来る空間を侵される事に敏感なのは納得がいくし、防衛本能のようなものが働いているのだろう。敬語はそれを意図的にしたもので、真昼にとっての壁のようなものらしい。

「他人への牽制《けんせい》面込みだから、あまりにも理由が可愛《かわい》くないんですよねえ、ほんと」

渋い顔でため息をついた真昼が横髪を摘《つま》んでくるりと指に巻き付ける。

「私ってかなり捻《ひね》くれてるでしょう？」

「彼氏的には滅茶苦茶素直で分かりやすいと思うけど」

「……捻くれてるんです」

「照れたな」

「からかわないでください」

顔を赤らめながらべちべちと横に座る周の太腿《ふともも》にダイレクトアタック（弱）を仕掛ける真昼のどこが捻くれているのかと思うが、真昼自身は自分を捻くれていると信じ切っているようだ。

「……純粋な友情ってないものだと思ってます」

そっと吐息に混じらせて、普段よりも抑揚のない言葉が真昼の口から滑り落ちる。

「もちろんあるにはありますけど、人間関係って何かしらのメリットがあって続くものだと思っているというか。それが何かしらの利益《りえき》を享受したいからなのか、はたまた精神的な得があるからなのかはとやかく言いませんが、意味がないなら側に居ないと思うのですよ」

真昼の言いたい事はやや極端だが理解が出来る。

どの関係性も基本的にはメリットデメリットがあってそれを理解した上で続けているものだ。

友情、というものも、言ってしまえばその人と過ごす事で自分が楽しい、幸せ、落ち着く、といった精神面でのメリットがあるからこそ続くもの。人柄への不信感不快感、交友を続ける事による危険がある、等のデメリットがメリットを上回れば縁が切れるのも自然だろう。

友情を損得で決めるなんて、という批判もありそうだが、結局のところは誰しも無意識のうちに快不快で判断しているのだ。

「非常に自意識過剰でお恥ずかしいのですが、私に純粋な気持ちで近寄ってくる方って、あんまり居ないと思うのですよね。全員がそうではないと分かっていますけど、利用価値としてのメリットがあるから近づいてくる方が多かったのですよ」

先程から何度も込められているため息に、確実に実体験からくる言葉だと分かって周としては胸が痛い。彼女にとって好意も悪意も向けられるのを慣れすぎている事が透けて見えて、やるせなさに唇を噛《か》んでしまう。

彼女の今までの交友関係は真昼が天使様として振る舞ってきた軌跡ではあるのだが、それが全《すべ》て快いものではないのだと改めて突き付けられていた。

「可愛いものだと勉強の面倒見てもらえるから、評判がいい女と仲良くなって自分の評判を上げる、周りから除《の》け者にされないように、とかそういうもの。悪いとまあ、その、アクセサリーというか戦利品?として欲している殿方とか私に振られた男子を拾うために仲良くしてる振りをする方とか……まあ色々居た訳です」

ややぐったりとげんなりを合わせたような声音は本当に苦労してきた事が窺《うかが》えて、思わず労《いたわ》るように頭を撫《な》でてしまう。

真昼が思い出しただけで心労が嵩《かさ》んでいそうな声と表情をしていたので周としてはお疲れ

様という気持ちでいっぱいだった。

　周も眉を下げてしまっていたので真昼も慌てて「もちろん普通に天使様だろうと気に入って近寄ってきてくださる方も居ますので」と声を少し張った明るいものにしていたが、先程の表情を見ると割り切るに至るまでかなり苦戦していたのだろう。

「まあ、ですので、敬語と立ち振る舞いで全員一律で一定ラインを超えさせないようにしていた、という感じです。誰に対しても同じにしてしまえば無理に踏み込もうとしてくる方は周囲に自然と排除されるでしょうし。……あまりよくないんですけどね、こういうの」

　人気のある立場を利用して、逆に自分を利用する事を踏み止《とど》まらせる。

　それは人間関係に苦労してきた真昼が会得した処世術であり、防御策なのだろう。

「……ほんと、滅茶苦茶苦労してきたな」

「まあ私の思い込みも加味されてる可能性は否《いな》めなくないですけどね。自意識過剰、と言われたら否定しませんよ」

「いやあの人気っぷりを見てたら自意識過剰とは……」

　今は恋人が居ると周知されているので比較的落ち着いているが、付き合う前までの真昼の人気っぷりは凄《すさ》まじかった。

　常に男女問わず周囲に人が居たし、本人曰《いわ》く定期的に告白されていたそうだ。真昼が移動すると人の塊が移動する、とまではいかないが数人はまず側に居て一人になる場面はあまり見かけなかった。

ただ、真昼が言う通り、特定の親しい人を見かけなかったのも事実だ。千歳がぐいぐい押しているのを見ているからこそ分かるが、他の生徒は比較的表面上の付き合いだったのだろう。

「今はそこまで気にしてないですし、今の私の周りは、優しくていい人達ばかりですから」

そう微笑《ほほえ》んだ彼女の笑みに嘘《うそ》は見られない。

今の周達のクラスは、比較的理性的で温厚な人達が多い。体育祭の時に言い募ってきた彼らも今は諦《あきら》めているのか周や真昼に何かしてくる訳ではないし、女子達に至っては何故《なぜ》かにこにこと静かに見守るという訳の分からない態度を取ってくる。

周と真昼が平穏無事にお付き合い出来ているのはクラスの理解のお陰であるので、非常に感謝していた。

「そもそも初めはそういうきっかけで使い始めた訳じゃなかったんですけどね」

「初めは？」

「えーと……何といいますか。これ言ったら周くんの方が気にすると思うんですけど」

気にしているのはむしろ真昼というくらいに非常に言いにくそうな声で返事を濁しているのだが、そこまで躊躇《ためら》う理由が分からずに瞬きを繰り返す周に、真昼は意を決したように続ける。

「……敬語の方が、優等生っぽく聞こえませんか？」

あ、と声がもれた。

そして同時に、聞かない方がよかった、と後悔が瞬時に後頭部を殴り付けた。

「同年代の子が色々な言葉を覚えて、言葉の意味や受け手の心証を考えず発信していく中、綺麗《きれい》な言葉遣いで優しく丁寧に穏やかに振る舞っていたら……少なくとも大人には、とても、いい子に見えるでしょう?」

周の声も顔に浮かんだ後悔も気にせず、真昼は続けた。

その表情は、とても柔らかく穏やかで、まるでその『いい子』を見せるかのような笑みが、余計に周の後悔を強くさせてしまう。

『報われないのにね』

かつて彼女が口にした言葉が、頭の中をぐるりぐるりと駆け回って、離れない。

「当時の私は、すごく、いい子に見られるように、見てもらえるように、なりふりかまってなかったので。今思うと、いびつだったと思いますよ」

自分は歪《ゆが》んでいたとサラリと口にした真昼は、押し黙った周に瞠目《どうもく》したあと、困ったような慌てたような眼差《まなざ》しで周を見つめる。

「もちろん、今はそういう意図はないというか、癖になってるというか。これについて、今更何も思ってませんよ」

きっと周の事を気にして紡《つむ》いでいるであろう優しい誤魔化《ごまか》しに、周はもういいと真昼の体を真正面から包み込んだ。

一瞬体が強張《こわば》ったものの、すぐに力を抜いてこちらに身を委《ゆだ》ねてくる真昼は、それだけ周の事を信頼してくれているのだと、周は思う。

「……俺はどんな言葉遣いでも真昼が好きだからな。いい子じゃなくていい」

「し、知ってます」

「もっとよく知ってくれ」

「……はい」

周は真昼の全てが好きだ。

今真昼が自虐した『いい子』である部分も、シビアでやや他者へ排他的な部分も、臆病で他者を深く受け入れるのを怖がるのに寂《さび》しがりな部分も、捻くれていると自称しながらもどこまでも人柄が善良で自分が仮面を被《かぶ》る事へ罪悪感を抱えている部分も、全て愛おしいし大切にしたい真昼の一面だ。

決して、真昼の表に見える良い所だけ好きになった訳ではない。彼女の抱える陰をひっくるめて、周は愛おしいと思っていた。

それを彼女に伝えようと優しく抱き締めながら背中を撫でると、真昼は気恥ずかしそうに腕の中で身動《みじろ》ぎしている。

それでも逃げようとせず、心地よさそうにしているのは、それだけ周が真昼に受け入れられているという証左だろう。

「ま、まあ、その、周くんは気にしてるかもしれませんけど、それだけじゃないのですよ？」

「それだけじゃない？」

「はい。その、私は実質小雪《こゆき》さんに育てられてきた、でしょう？」

「……そう、だな」

「あ、そこで凹ませたい訳じゃなくてですね⁉」

真昼の生い立ちを思い返して本人ではないのに少しブルーになった周が頷《うなず》く姿に、逆に真昼があわあわとした様子を見せてしまう。

「その、いつも側に居る人から学ぶ事が大きいと言いますか。小雪さんって、基本的には敬語なんです。雇われているからってのはもちろんあるのですけど……割と誰に対してもそうで。その態度がすごく、上品で素敵だなって思って。彼女みたいになりたいな、って真似たというか」

「そっか……真昼が言うくらいだから言葉遣いだけじゃなくて所作とかも上品だったんだろうな。そうじゃなきゃ、憧《あこが》れて真似はしないだろ？」

「はい」

真昼の立ち振舞いが決して『いい子』になるためだけでなかった事が知れただけでも、安堵《あんど》してしまった。

聞けば聞くほど、真昼にとって小雪という存在は重要な存在だと痛感する。

彼女が居なければ今の真昼は居ない事が容易に想像出来るので真昼にとって重要なのも当然なのだが、ここまで真昼から慕われているのを見ると余程人格者で心優しい人だったのだろう。

周は彼女の姿を目にした事はないが、いつか、真昼を導いてくれた小雪には会いに行きたいし、周が言う事ではないがお礼を言いに行きたかった。

小雪に今の真昼の姿を見せたら、周が知らない筈《はず》なのに喜んでくれる気がした。

彼女への絶大な信頼を見せている真昼に、そういう人が真昼に居れば居るほど嬉《うれ》しい周としては頬《ほお》が緩んでしまう。

余程いい人だったんだろうな、としみじみしながらされるがままの真昼を甘やかすように撫でていると、ふと思った事があった。

敬語を使うきっかけは小雪だが、使っている理由は両親に見てほしいがためにいい子であるため、そして自分に不利益《ふりえき》がないように自分と相手の見えない壁を作るため。

それならば、今の状態なら敬語を外す事も出来るのではないか、と。

「ちなみに、そう言うって事は、今の真昼は特に敬語に執着はない？」

「ええ、まあ」

「……普通の言葉遣いだと、どうなるの？」

基本的に真昼が砕けた口調になる事はない。時折「ばか」や「もうっ」などの言葉は発するものの、気安い言葉遣いはなく、どこまでも丁寧なものだ。

人への呼び方も基本的○○さん、であり、周にはくんをつけてくれるが、やはり呼び捨て等はなく、言葉だけ聞けば他人行儀なものがある。声音でそんな事はないと分かっているのだが。

「ふ、普通の言葉遣い、ですか」

「そう。や、その……彼氏に対する言葉遣いも、敬語だからさ。真昼の敬語以外をあまり聞く事がないな、と」

「そ、そんな事言われても……」

じっと真昼に視線を向けると、腕の中で居心地悪そうに縮まる真昼が出来上がる。

「ごめんごめん、困らせるつもりじゃなかったんだ。ただちょっと気になっただけ。いつも敬語だったから興味本位で」

「も、もう……ばか」

照れ隠しと咎《とが》め半々くらいで周の胸に頭突きを繰り返した真昼は、しばらく周へのお仕置きに勤しんだあと、ちらりとこちらを見上げる。

その瞳が躊躇《ためら》いがちというか迷いのある表情だったために、あまり無理をさせるのも悪いなと背中をぽんぽんと優しく叩《たた》いたところで、真昼がゆっくりと口を開いた。

「……あまねくんが、だいすき、だよ」

小さく、囁《ささや》くような、一言。

時間にして五秒あるかないか、それだけの短い言葉。

それなのに、周の思考が一瞬真っ白になって、真昼の言葉を噛み砕《くだ》くのにかなりの時間を要する事になった。

真昼を抱き締めたまま固まった周は、何回も何回も真昼の言葉を頭に通しては理解するまでぐるぐると回していて、ようやくのみ込めたところでぎぎぎと油の切れた機械のようなぎこちない動きで、腕の中で大人しくしている真昼を見下ろす。

彼女は彼女でオーバーヒートしたように、顔を真っ赤《まか》にして、動きを止めていた。

ただ、周を見つめる瞳の潤みだけが、ゆらゆらと波打ちながら光を反射して揺らいでいた。

その瞳は、周が見つめる事で恥じらいを一気に宿して、瞼《まぶた》のカーテンで隠されようとしている。

長い睫毛《まつげ》が震えながらカーテンごと下がっていくのを見つめながら、周はそのまま同じように閉ざされようとしてる桜唇に噛み付《つ》いた。

止まった動きがまた始まるものの、抵抗という訳ではなく、しなだれるように周に全てを任せてくれた。

少し触れるだけの口づけだったのに、離れた真昼は先程よりも色付いた頬と潤んだ瞳でこちらを見上げている。

その様子が、また愛《いと》おしかった。

「もう一回」

「……駄目です」

「キスじゃなくてさっきの言葉なんだけど」

「もう言いません！」

「えー」

「ばか」

彼女の罵倒のレパートリーが少ないのを実感しながら、可愛い罵《のの》りにもなっていない言葉を向けてきた真昼をそっと離すと、真昼は相変わらずの赤い顔で周から離れて熱を冷まそうとしていて、何だかおかしくて笑ってしまった。

「俺も好きです」

「……周くんは敬語にならなくてよろしい」

「はーい」

じと、と微妙に粘度のある視線を向けられたので素直に謝ると真昼はそれ以上何も言わず、すっかり冷めていそうな紅茶を飲んでクールダウンの続きを図っていた。

流石にもう真昼を刺激するのも悪いのでその様子を見守りつつ、周も置いたままのコーヒーを口にした。

冷め切ったコーヒーはブラックの筈だが、不思議と甘い気がする。

「……改めて、付き合ってからも呼び方変わらないままだよなあ」

落ち着いたところで思い返したのだが、やはり呼び方だけはくん付けのままだった事が少しおかしくて笑ってしまう。

同じように落ち着きを取り戻したらしい真昼はその事を気にしているようで「うぅ」と小さく可愛らしい呻《うめ》き声を洩《も》らしていた。

「だ、だって、周くんは周くんですもん……」

「まあ呼び捨てする真昼ってあんまり想像出来ないんだよなあ。くんかさん付けだし」

「急に呼び捨てってどう考えても難しいと思うのですけど」

「まあそうだけど……その、これから先も、ずっと周くんなのかなって」

別にくん付けが嫌という訳ではないし彼女なりの特別扱いだとも認識しているが、このままずっと「周くん」と呼び続けるのか疑問を抱いてしまったのだ。

真昼にその事を明確に伝えてはいないが、既に生涯を共にする覚悟が出来ているので、真昼が受け入れてくれるなら離さないし真昼が嫌がらない限り離れるつもりもない。

将来的にもずっと「周くん」なのだろうか、と不思議な気分で居ると、真昼はじっと周を見上げて。

「……あまね？」

こてん、と首を傾《かし》げながら呼びかけてきて、周は頰の内側を噛む羽目になった。

「……何か呼び捨てはしっくりこないというか、違う感じがします」

「そ、そうか」

「……恥ずかしい、ですし」

急に呼ばれて恥ずかしいのはこちらだ、と思いながらも何とか堪《こら》えてコーヒーで口の中の甘さを中和する周に、真昼はしばらく周の様子を見た後、ちょん、と周の裾《すそ》を摑《つか》んだ。

どうかしたのかといじらしい主張を見せてくる真昼の方に視線を向けると、真昼は周の顔を覗《のぞ》き込むようにしながら上目遣《うわめづか》いで、頰を染める。

「周さん」

柔らかく紡がれた言葉に、危うくコーヒーの入ったマグカップを落としそうになった。

基本的に、真昼は周の前では可愛いが具現化したような存在であるが、同時に大人びた美しさを見せる。

うっすら上気しつつもそれを色気に変換した表情で、艶《つや》っぽさを滲《にじ》ませた、思考の端から染み入り溶け込ませるような甘い声で囁かれて、動揺せずにはいられないだろう。

本人は意図して滲ませた訳ではないと照れくさそうに「こっちの方が、しっくりきますね。ふふ」と呟《つぶや》いているので分かるが、わざとでない分威力が高いのはどちらなのか、明白だ。

「……心臓に悪いのもこっちだ」

「な、何でですか」

「い、いやその、何というか、だな」

「はい」

「……すごく、人妻っぽさがあったな、と」

口に出すのも恥ずかしかったのだが、そう言うしかない。

周の発した単語が予想外だったのか固まって意味を吟味したらしい真昼は、次の瞬間にはぼふっと顔を沸騰させた後周の二の腕をべちべちと叩いてくる。

「……変な事考えないでください」

「ごめんなさい」

自分でもまあまあ凄まじい事を言ってしまった自覚はあったので素直に謝ると真昼は「まったくもう」と先程よりも更に弱めなぺちぺちを周にくれた後、何かを悩む素振りを見せた。

不快だったのかと思いきや、真昼の顔にどこか面白《おもしろ》そうな、からかうような笑みが浮かび上がっているのを見て、ああこれは真昼が楽しむための材料を与えてしまったと気付いてしまう。

「……さん、の方が周くんのどきどきは上なんですね？」

「繰り返されると慣れるぞ」

「むぅ」

絶対に度肝を抜こうとしてくるだろうと釘を刺しておくと、案の定何か企《たくら》んでいたらしい真昼は不服なのを隠そうとせず唇をほんのりと尖《とが》らせた。

「……たまに不意打ちがいいですね」

「真昼さんや」

「何でもないです」

　全くくじけていそうにないのでその余裕そうな頬を摘《つま》もうかと思ったのだが、真昼は周の視線を受けて、少し視線を落とした。

　伏せられた瞼が、静かに揺れる。

「ですので……今は、周くん、で、いいです」

　真昼も、周の先に考えた事を察してくれていたらしい。

『今は』という事を理解して、そのままで居てくれようとする真昼に、周は伸ばした手を頬に優しく添えて「うん」と小さく返し、すっかり耳の赤くなった真昼に優しく笑いかけた。

二人だけのひみつ

真昼《まひる》は浴槽の中で一人、膝《ひざ》を抱えていた。

というのも、この後の事を考えて頭の中で様々な場面を想像して叫びたくなる衝動を堪《こら》えるのに必死だったからだ。

(自分から言い出した事ですけど)

『……今日は、帰らなくても、いいですか……？』

文化祭最終日の夜、勇気を出して周《あまね》に告げた言葉は、かなり躊躇《ちゅうちょ》されたものの周に受け入れられた。

周の実家の時のようなものではない、一人の恋人として、共に夜を過ごしたいという覚悟がある事を、周も理解しているのだろう。付き合い始めた当初なら真っ赤《まか》な顔で全力拒否の姿勢を取った彼も、今回はかなり躊躇《ためら》いながらも受け入れた。

つまり、それだけ真昼を愛して求めている事が我慢しきれなくなりつつある、という事でもある。

真昼は自分でそういう事に敏《さと》くないと理解しているし年頃の少女にしてはむしろ無知側の

方な自覚はあるが、全くの無知ではない。

男性である周がどういう欲求を持っているか、そしてそれを必死に抑えつけている事を理解しているし、それを当たり前の事だとも受け入れている。

好きだからこそギリギリで耐えてくれている周とお泊まりともなれば、当然、そういう行為に及ぶ可能性は高まる。

何らかの弾みで我慢が解《ほど》ければあっという間に美味《おい》しく食べられてしまう事は、分かっていた。

それでもいいと思ったから、真昼は周と過ごす事をねだった。

（……積極的に、どうこうしたいとかじゃ、ないですけど）

自分が言ったことを思い出すと恥ずかしくてつい湯船に口元を沈めてブクブクと羞恥心を呼気に混ぜて吐き出すものの、自分がとんでもない事を言ったしその結果が今の状況なのだとじわじわ染みてきて余計に恥ずかしくなってくる。

こうして周に先に出てもらってお風呂《ふろ》に残っているのは、体の手入れをするためだ。

普段の手入れをするだけだと言えばそうなのだが、周からすれば気合入っていると思われてもおかしくはない。

誰《だれ》に聞かせるでもない言い訳になるのだが、そういう愛し合う行為をしたいからお泊まりをねだった、という訳ではないのだ。

側《そば》に居て温《ぬく》もりを感じたかったし文化祭での周成分の不足分を補いたかった、という気持ちが強いのであって、そのものを要求したつもりはない。

二人で睦《むつ》み合った結果身も心も愛される事になる可能性が高い、という事を理解した上で、受け入れただけで。

「……うぅ」

覚悟の上ではあるが、やはり湧《わ》き上がる羞恥《しゅうち》は抑え切れるものではない。躊躇を乗せた呻き声はくぐもった音になって浴室に響いた。

真昼とて年頃の少女であり、全くそういう事を妄想した事がない、という訳ではない。触れ合う過程で周も時折居心地悪そうに体を離す理由は察していたし、時々その確かにある存在を感じていた。

そのせいなのかお陰なのか、周に愛される、という事を僅《わず》かに想像してしまったのだ。

そういう情報に触れてこなかった真昼の知識は、保健の教科書や千歳《ちとせ》から借りた少女漫画くらいのものであり、知識としての性交の方法は理解していても、脳内で映像として出力されない。

実感すらない乏しい知識では精々体を触られたり裸で抱き合ったりシーツにくるまったり、という光景くらいしか想像出来なかった。

それでも、真昼にとってはかなり刺激的なものであり、頭をパンクさせるには十分である。

それ以上の事が自分の身にこれから起きるかもしれないと考えると、心臓の高鳴りが止まらない。

思わず胸元《むなもと》を押さえると、ふくよかな感触の奥に大きな脈動を感じる。

心臓に負担をかけるものは緊張と期待が半々というのも自覚しているので、恥ずかしさは相変わらず真昼の身を内から燃やしていた。

（……応《こた》えたい、とは、思います、けど）

周は非常に奥手で慎重な人だと重々理解しているしこちらを尊重するが故に手出ししないのだと分かっている。

押し隠している欲求が単なる性欲からくるものでなく、心から愛してくれているからこそのものだとも、分かっている。

だからこそ真昼は周に応えたかったし、全《すべ》て委《ゆだ》ねて身も心も愛されて、周のものになりたい、と思えるのだ。

それはそれとして、やっぱり、全く抵抗がないとは言い切れないものである。

（……は、早く出ないと周くんが困るのは分かってます）

こうしてうじうじうだうだしている間に周はリビングで待つ羽目になる。待たせるのは本意ではない。

心臓は未《いま》だに落ち着かないが、なるようになると自分に言い聞かせて、湯船を出た。

体にまとわりついた水滴を優しくタオルに吸い込ませてからボディミルクを塗り込み、顔もスキンケアを施していく。

流石に気合いが入りすぎると露骨なのでばれないようにいつもの手入れにしているものの、体のチェックはどうしても念入りになってしまう。

お風呂上がりのもちもちつやつや肌を確かめながら、ちらり、とかごの中の着替えを見た。

着替えを、二種類持ってきていた。

一つは周が好きそうなものを予測した、膝丈のネグリジェとレースのカーディガン。

デコルテは剝《む》き出しになるものの、ネグリジェ本体の布は透ける事がなく、体のラインを程よく主張させる程度。そこにカーディガンを羽織る事によって露出を抑えた形になる。

こういうタイプのものを周が好きな事は普段の様子を見ていたら分かる。周は露骨に性を主張させるようなものより、程よく品を保った控えめなものが好きだ。

そう、清楚《せいそ》なものが好きなのだ。

(だから、こっちは封印した方がいいはず)

セットの下に隠すように重ねておいたそれをちらりと見て、自分の中で言い訳を生み出す。

本当に一応、そういう時のためのものは、用意してある。

千歳の「お誘いの時用に一着あっても損はない」とかいう発言と熱い押しによって購入した、先程のネグリジェとは比べ物にならないほどに扇情的《せんじょうてき》なネグリジェ、というか下着セットは、真昼が正気だったらまず着ないようなものだ。

　布地がそもそも透けているし、少しずらせば隠すべき所をさらけ出すような構造のそれは、あまりにも頼りなさすぎる。

　どう考えても、これを着て周の前に姿を見せたら、する気満々に思われて引かれそうであった。

　そもそも、こんな恥ずかしい物を着られる訳がない。

　いくら千歳に背中を押されたとはいえ買った自分を愚かに思いつつ、周が喜びそうなら着てしまいそうな自分が怖かった。

（きょ、今日は、カーディガンの方で）

　こんなものを買ってしまった時点で自分がとんでもなくやらしいのでは、という事から目を逸らすように普通のネグリジェを手に取った。


　結局のところ、普通のネグリジェにして正解だったのだろう。

　周はいつものようにソファでテレビを見ていたが、近寄って顔を上げた周の頰《ほお》は湯上がりとは言い訳出来ないほどに火照っていた。

　真昼の姿を捉《とら》えて露骨に安堵《あんど》しているのは、恐らく、千歳に入れ知恵されていないか心配していたのだろう。

（押されはしましたけど）

本当に身に着けていなくてよかったと思う。

あの服だと、確実に周が目を合わせなかっただろう。そもそもあの服で周の前に出られる自信がないが。

安堵と僅かな興奮が入り混じった視線は、嫌なものではないが、やはり寝間着を明るい場所で見られる、というのは気恥ずかしい。

周の実家で寝間着姿を見られているにはいるが、あれは本当に普段家で着ているものだし露出はほとんどないものを選んでいる。あれはあれで気恥ずかしいのだが、この格好はその比ではない。

かなり周の視線が身に纏《まと》った服をなぞるように行ったり来たりしているので少し身を縮めてしまったが、周に見せるために着てきたというのもあって隠す事はしなかった。

「へ、変ですか」

周の反応的にそういう訳ではないと分かっていたものの、ついつい聞いてしまった。

不安がっていたと勘違いしたらしい周はゆるりと首を振って「いや、可愛《かわい》くて似合ってる。実家の時とは違うんだな、と」と言いつつ控えめながら観察するように真昼の姿を捉えている。

「さ、流石にご実家の方でこういう服はよくないでしょう。その、見るのが周くんだけだから、ちょっと、頑張ったというか」

周のために、というのは少し違うが、周が喜んでくれるのではないか、こういうものにそそられるのではないか、という気持ちがあった事は認める。

自分で考えても我ながら恥ずかしい理由ではないかとついもじもじとしてしまうが、周は真昼の言葉に照れたように目を伏せてしまう。

お互いに恥ずかしがっているのは分かっていたが、このままでは何も進みそうになかったので、真昼は躊躇いながらも周の隣に腰を下ろした。

隣で、少し強張《こわば》ったような気配がする。

しかし真昼も周と触れ合いたいし、もっと、側に居たいので、おずおずと周の体にもたれるように寄りかかった。

普段ならもっと自然に出来ただろうに、ぎこちなくなってしまったのは、この後にどうなるか分からないという不安と期待が体に緊張を与えてしまったせいだ。

周は周でかなり体を強張らせていたものの、いつも通りの態度を取ろうと努めているのか、逃げずに真昼を受け止めるように体に芯《しん》が入ったような頼もしさを感じた。

「……正直、これですごい寝間着着てきたらどうしようかと思ってた」

ぽつりと落とされた言葉に、一瞬体が震えてしまったのは仕方ない。

「実はちょっと考慮しました」

考慮どころか実際に購入して持ち込むまでしているのだが、それは本人にとてもではないが言えなかった。

「あのなあ」

「でも、その、あ、あんまり、気合、入ってたら、引かれるかなって」

言葉にした理由で今回は控えたのだが、もしかしたら周は期待していた、のかもしれない。

それでも、流石に初めてになるかもしれない日にあんな派手で扇情的なものを着るのも恥ずかしいので、小さく「いかにもですし」と着替えと共に隠しておいた寝間着というか下着というか最早隠す気のないソレを思い出しながら呟くと、周が想像したらしく頰の色付きを濃くしていた。

「……引いたりしないけど。真昼が俺《おれ》のために着てくれているんだなって嬉《うれ》しくなる」

「き、着ませんからね」

「着ないんだ」

「着てほしいのですか」

ちょっとがっかりしたような声音だったので聞き返してしまった。

（……周くんには刺激が強すぎる気がする）

布地面積もさる事ながら、何より普段隠すような筈のものでその隠している部分を見せるような構造になっている、という点で見た瞬間卒倒しそうなものである。

彼はすけすけひらひらあたりを想像しているのだろうし、実際真昼もそういうのが過激な服だと思っているが、今回の真昼が持ってきたものはそもそも見ようと思えば地肌を簡単に露出させられるものだ。周が想像していそうなものより、更に過激なものだろう。

「いやまあ、いつかは……その、着てほしくなると、思うけど。真昼が見せたくなったら見せて」

「……いつか、ですからね」

「うん、いつか。……今は、無理しなくていいよ」

見てみたいという気持ちがある事にほっとしつつもあっさりと引き下がった周にちょっぴり複雑な気持ちはあったものの、真昼の事を尊重してくれる姿勢がありがたかった。

それはそれとして殿方としていいのだろうか、という眼差《まなざ》しを送ると首を傾げられたので「何でもありません」と返すしかない。

そんな真昼に、周は小さく笑って、大きな掌《てのひら》で真昼の掌を握った。

いつも周が真昼を落ち着かせる時にしてくるものだと分かっていたものの、状況が状況だったので一瞬体が反応してしまったが、柔らかな温もりがすぐに伝わってきて、強張りを溶かす。

意識しすぎる事もないよ、と無言で伝えてきてくれた事に胸の奥がふんわりと熱を帯びて、緩やかに口元が撓《たわ》んだ。

ドキドキしている事は変わらないが、それが痛いもの、というよりは微《かす》かに締め付けつつも切なさと幸福を導くような優しいものに感じて、不思議と頭の中が冴《さ》えているのにとろけたような矛盾した感覚があった。

とにかく、周が真昼の事を大切にしてくれている、というのはひしひしと伝わってきて、周はその幸せな気持ちのまま頭を彼にもたれかからせた。

視線は、抑揚のない声を流し続けるテレビに。

画面の向こうでは抑揚を抑えつつも聞き取りやすい明瞭な声で時事問題を説明していたが、何一つ頭に入ってこないのは、隣に居る存在によるものだろう。

そっと周も真昼の方に重心が傾いてきたが、もたれかかるというよりは少し甘えるようにくっつく、という方が正しいのかもしれない。

お互いにぼんやりとニュースキャスターが紡《つむ》ぐ淡々とした声を聞いて、静かに過ごしていた。

荒ぶった心臓は落ち着きを取り戻し、お互いの温もりを感じて微睡《まどろ》むような心地よいリズムを提供している。

とくとく、と慣れた感覚に戻った鼓動を感じながら、隣に居る周の体温と指の感触を確かめていると、ふと、真昼を包み込んでいた指が触れ方を少し変えた。

先程まで真昼を落ち着かせ包み込むようなものだったが、今は、包み込むものではない。求めるように、指の間に指を滑り込ませる形で、真昼を捉えていた。

逃さない、というよりは離れたくない、という意思を感じるその動きに、真昼もまた静かに握り返して応える事にした。

「……そろそろ、寝ようか」

そっと落とされた優しい声音に、真昼は静かに周の手をもう一度握り返した。

周に促される訳でもなく、導かれた訳でもなく、自分の意思で周と共に手を繋《つな》ぎながら寝室に入る。

腹は括《くく》っていたもののどうしても浮かび上がってくる緊張と恥ずかしさに見ないふりをするために、普段はあまりじろじろと見ないようにしている彼の部屋を見回した。

真昼と関《かか》わるようになってから、周は掃除をきっちりとするようになった。

物が元々なかったのも功を奏したのか、実にさっぱりとした綺麗《きれい》な部屋になっている。

本人の性格的なものが出たのか装飾品はほとんどなく、目立つのは床に置かれた、春頃にやってきて真昼を虜《とりこ》にした人を堕落させてしまうソファと、勉強机兼作業机の上にある、ぬいぐるみだ。

かつてゴールデンウィークにデートした際、真昼が幾度もチャレンジした末にようやく獲得した努力の結晶である。

シンプルな雰囲気に統一した部屋の中で唯一かなりの愛嬌《あいきょう》を振りまいて異彩を放っているそれは、気を付けているのか汚れの一つなく鎮座していた。

「……ぬいぐるみ、ちゃんと大切に飾ってくれてますよね」

「まあ埃《ほこり》が被《かぶ》らないようにしてるくらいだけどな。真昼みたいに抱えて寝るとかはしてない」

「ば、ばかにしてませんか」

抱えて寝る、が指しているのは、周が誕生日にくれたくまのぬいぐるみの事だろう。

確かに毎日のように抱えて就寝しているし手入れもきっちりと行っているが、それを指摘されるのは恥ずかしい。もう高校生だというのに子供っぽいと言われているようで。

「何でだよ、あんなに可愛いのに馬鹿《ばか》にする理由ないだろ。大切にしてくれていて嬉しい」

そう大真面目《まじめ》に言われては、真昼も反発する事は出来なかった。

「……周くんからもらったものは、ちゃんと大切にしてます」

「ありがとうな。……今日は持ってこなかったんだな、くまさん」

「その、今日は、周くんが居ますので」

「……うん」

今日は、いつものくまには留守番をしてもらっている。

毎日の共寝も今日ばかりはお役御免で、今日は、周がその役割を務める。

果たして真昼が抱き締める側なのか抱き締められる側なのか、それは分からないが、どちらにせよ触れ合ってお互いの体温をしっかり分かり合うつもりで、ここまで来た。

改めて周の部屋に来たと感じて少し胸が痛くなったが、体を縮めていると何故《なぜ》か周が猫のぬいぐるみにブランケットを無言で被せた。

ブランケット自体は椅子《いす》にかかっていたので出処は分かっていたが、その行動の意味は全く分からずにどきどきが一気に吹き飛んだ。

「……どうかしましたか？」

「い、いやその……何というか、見られてると落ち着かない気がして」

「ふふ、周くんも気にするのですね」

「うるさい」

「そういうところ可愛いですよね」

「くまさん抱き締めて寝てる真昼が言う台詞《せりふ》か」

「その話はさっき終わったでしょう、もうっ」

真昼のムッとした表情がおかしかったのか愉快そうに笑う周に自由な手でべちべちと脇腹《わきばら》にお仕置きを加えるのだが、周は意に介した様子がない。

むしろ面白《おもしろ》そうに、楽しそうに、愛《いと》おしそうにこちらを見てくるのだから、真昼としてはその生暖かい眼差しがむず痒《がゆ》くて仕方なかった。

これが一つの甘えだと見透かされている事が、何より、恥ずかしい。

どこまでも受け止める姿勢の周にちょっぴり悔しくて目を細めながら視線を向けるのだが、周はそれに驚きもせず、穏やかな微笑《ほほえ》みを唇に浮かべる。

それから、そっと真昼の攻撃手段である小さな拳《こぶし》を、大きな掌で絡《から》め取って受け止めた。

力は全く無い。

ただ、掌を合わせるようにして指を絡めただけ。

たったこれだけで、真昼の力は抜けてしまった。

こうなれば後はされるがままで、周に自然とベッドに誘われた。

抵抗感はなかったものの、ベッドに座ると一気にこれから先の事を考えて胸の高鳴りが激しくなる。

（……周くん、は、どうしたいのでしょうか）

ちらりと見上げると、顔をちゃんと見る前に手が離されて、周の腕の中に収まっていた。

「……その、風呂場の続き、よろしいでしょうか」

胸から顔を上げて視線を上向かせると、穏やかながらも何処《どこ》か焦《あせ》りのような、急《せ》かされたような色を帯びた黒曜石の瞳と出会う。

その瞳に吸い込まれそうになって、内心で慌てながらも「は、はい」と上擦《うわず》った声で返した。

少しだけぎこちない態度になってしまったのは、先程と周の雰囲気が変わってしまって驚いたからだ。

周は真昼の内心の慌てようを知ってか知らずか、小さく笑った。

その微笑みにのった色にくらりとしてしまった時には、無骨な指先が顎を持ち上げて、噛《か》み付《つ》いてきた。

あ、と声を出す暇もない。

自分よりも少し硬い感触の唇が、優しく触れる。

最近唇にまで気を使っているらしくかさつきのないただ薄くしっかりとした唇は、真昼の唇を宥《なだ》めるように撫でていた。

伝わってくる熱は、自分のものよりもずっと、強い。

キスされる事にようやく慣れてきた真昼の緊張をほぐそうと、周は優しく唇を重ねて少しずつ擦《こす》り合わせていく。

その感覚は、くすぐったい、というには不快感のない、なんとも言えないもどかしさがあった。

確実なのは、触れる時間が長ければ長いほどに、吸い取られるかのように力が抜けて周にもたれかかってしまう、という事だ。

周に手で支えてもらっていないと、ふらりと後ろに倒れてしまいそうで。

少し硬い唇に啄《ついば》まれるとなんとも言えないこそばゆさに似たものを感じてつい笑ってしまって、口付けていた周も真昼の反応に笑っていた。

そのまま、優しく優しく、周は真昼を味わうように、口付けを深いものに変えていった。

熱くざらついた舌先が滑り込むように内側に入り込み、控えめながらも求めるように真昼の内側をなぞる。

経験こそあるものの、こういったキスは、慣れなかった。

それでも、周の熱を受け入れたいし、周にされる全ての事が、心地よくて——真昼は周に応えるように、少しだけ、自らも求めた。

互いの熱が、唇を介して溶け合う。

吐息までそっくりの熱さになっている事を自覚しながら、吐息も舌も絡ませてどんどんお互いの熱を貪《むさぼ》るように交わし合う。

頭はふわふわしているくせに体はやけに刺激に敏感で、周の掌が支えるために背中を撫でるだけでぞわぞわと得体のしれない感覚が体の奥で生まれていた。

慣れてきたのか、それとも今まで加減してきたのか。

どんどん周の口づけが激しくなるにつれて、唇から吐息に加えて声も混じってこぼれていく。

自分でもどこからそんな声が出るのか、というほどに、上擦ってふやけきった、掠《かす》れ気味の声が落ちていく。

息と声の間のような、音と言うに相応《ふさわ》しいもの。

声だけでなく、体もふやけてとろけ切ってしまいそうで、体が勝手に周に全てを委《ゆだ》ね切ってしまう。

自分が生み出しているものだと信じられないほどに甘ったるい声を滲《にじ》ませながら口付けに応える真昼に、周は、そっと片手を移動させた。

ネグリジェに隠れた腰部のラインをなぞられて、一瞬体を震えさせるものの、それを止める気なんてなかった。

ゆるりと上に滑らせるようにして伝う掌の感触が背筋を震わせたものの、口付けによってすぐに別の感覚で上塗りされてしまう。

（――このまま）

周の好きにさせれば、行き着く先は、考えないでも分かる。

拒むつもりは、ない。

けれど反射的に体を大きく震わせてしまって、すぐに掌は真昼の体から離れた。

それどころか唇も離れて劣情に罪悪感の混じった表情を浮かべる彼の姿が瞳に映って、真昼は咄嗟《とっさ》に周の胸に顔を埋《うず》めた。

どこまでも真昼を優先しようとする掌も、捕まえて。

「……その、私が、お泊まりをお願いした時に言った言葉、訂正するつもりは、ないです、から」

周は先程の震えを恐怖と拒絶と受け取ってしまったのだろう。

（ちがう）

全く怖くないと言えば、嘘《うそ》になる。

初めて他人に触れさせる事も、自分の知らない感覚を教えられる事も、欲求を受け入れる事も。

受け身側の大抵の人は怖いと思う事だ。

当たり前だろう。自分の体を任せるという事は、何をされてもおかしくないという事なのだから。

それでも、真昼は周を受け入れると決めていた。

腕の中から周を見上げると、先程の表情に驚きの色が加わっている。

結局、彼は自分から退《しりぞ》こうとしていたのだ。どれだけ昂《たかぶ》って真昼を欲していても、真昼の事を尊重して、真昼の準備が出来るまで待ってくれようとしていた。

そんな、どこまでも優しくて自分の事を優先出来ない周の事を、拒む筈がない。

周の熱も心も形も、何もかも、受け入れたいし、真昼のものにしてしまいたかった。相手を欲しがるのは、周だけではない事を、理解してほしかった。

恥ずかしさから控えめながらに、それでも覚悟は揺るぎないと口づけの激しさのせいで少し湿った視界で周を捉えていると、周は息を吐いた。

まるでため息を吐《つ》くような仕草に怒らせてしまったかと体を震わせると、周はくしゃりと髪の毛をかきあげて、深呼吸するように何度か呼吸して、こちらを見つめた。

黒曜石の瞳には隠し切れないほどの燃え盛る熱と共に、冷徹な輝きが宿っている。

「その、だな」

「は、はい」

「俺個人の事を言えば、真昼をものにしたいと、思う」

「……はい」

それは、本心からだろう。はしたないながらも少し視線を下にずらせば、言葉よりも雄弁に語る存在がある。

「……でも、だな。その、責任が取れる歳《とし》ではないし、もしもがあった時、困るのは真昼だと思う。いや、もちろん責任は取るんだけど、すぐに法的に明確な関係を約束出来る訳じゃない」

ここまで言葉を紡がれて、意味が分からないほど真昼は鈍くも愚かでもなかった。

「俺は、真昼が好きだからこそ、真昼を尊重したいと思う。将来真昼がしたい事、学びたい事が出来た時に、俺がそれを阻害してしまうのは望ましくない。これから長く隣で過ごす事を考えたら、いっときの感情と欲求に、真昼の人生が損なわれる事があってはならないと、思う」

「……はい」

「真昼と一生を共に歩く覚悟はある。ただ、俺は……」

「それ以上はいいですよ」

言われなくても、分かる。

(ほんとうに、この人は)

どこまでも、真昼のためを思って、行動しているのだ。

真昼も全く考慮していない訳ではない。愛の行き着いた先の行為は、一つの命を儲《もう》けるかもしれないという事だ。

避妊は確実なものではない。たとえどれだけ気を使って避妊具を使っても、絶対に確率をなくせる訳ではない。

僅《わず》かながらでもその確率はあって、そしてその確率に当たれば、真昼は学生のうちに命をお腹《なか》で育む事になる。

そうなれば学校側から何かしらの処罰があるかもしれないし、ないとしても計画性がないと謗《そし》られ後ろ指をさされるかもしれない。

それに、子供は産めば終わりではない。育てなくてはならない。真昼のような存在を、第二の真昼を自分の手で作るなんて御免だ。

（なんて、幸せ者なんだろう）

全てを考慮して、自分のずっと抑えてきた欲求を開放する機会と天秤《てんびん》にかけて、それでも真昼の未来を選んでくれた周に、真昼はそっと頰に手を伸ばした。

「周くんが、私の事を最大限尊重してくれているのも、深く愛してくれているのも、分かりました。こんなにも大切にしてもらっているなんて、私は……すごく、幸せ者です」

胸が熱かった。

こんなにも想《おも》われて、愛されて、尊重されて、大切にされていると、実感して。

付き合ってから今まで幸せいっぱいながらも、何故か埋める事の出来ずに僅かな隙間風《すきまかぜ》を通していた、胸の内側のとある部分が、今度こそ周という存在で埋め立てられた。

空っぽだった胸の内を、全て、周に満たされた。

それがとてつもない幸福だという事を、真昼は心と体で感じ取っていた。あまりに幸せすぎて泣いてしまいそうなくらいに、嬉しかった。

湧き上がってくる幸福感を抑える事もせず、真昼はありったけの気持ちを笑みに乗せて、周の唇に自らのものを重ねた。

「……そんな周くんを、心の底から愛しています」

きっと、今の真昼は誰よりも幸せで満ち足りている自信があった。

泣きそうなくらいに何もかも緩んでしまっている真昼に、今度は周から柔らかい口づけが降《ふ》り注《そそ》がれる。

身も心も淡く照らす陽射《ひざ》しのような、穏やかな口づけを落とした周は、真昼の体をそっと包み込んだ。

「俺が責任取れるようになるまで、待ってくれますか」

それの意味するところは、何か。

これから先を共に歩むための制約を自分に課そうとする周は、少しだけ声が震えていた。

愛しそうに、そして少しだけ耐えるような、急かされたような、焦りが僅かに入った眼差しで見つめられて抱き締められれば、真昼も周がどれだけ耐えているのか容易に想像出来る。

その証拠に、密着したせいでぎりぎりで押し留《とど》めている衝動の化身が、真昼に覚悟を伝えんばかりに主張しているのを感じた。

ちらりと視線を下に向けたせいで視界に収めてしまい恥ずかしくなってしまうものの、周の覚悟もひしひしと伝わってくるので、決して嫌なものではない。

どこまでも頑張り屋で我慢屋な彼にはにかんで頷《うなず》き、真昼は改めて彼の逞《たくま》しい胸板に顔を埋めた。

途端に大きな鼓動に迎えられて、共鳴するように真昼の鼓動も跳ねた。

「それまで、大切に大切にされておきます」

なんて幸せなんだろう、と満たされながら告げて周に微笑んだ真昼に、周も満ち足りたような表情で頷いて、真昼の事をそっと抱き締め直した。

「大切にします」

そんな囁《ささや》きが聞こえてきて、真昼は甘くて柔らかい期待に満たされながら瞼を閉じる。

静かに抱き合えば、とくとくと鼓動が重なり合って、まるで溶け合ったかのような錯覚すらあった。

「……あのさ」

柔らかな陽射しの中で微睡むような感覚に身を委ねていると、小さな声が聞こえる。

「はい？」

「情けない事言っていい？」

何故か少し言いにくそうにもごもごと言葉をふやかしている周に、今更何を遠慮するのだろうとつい笑ってしまった。

「どうぞ。愛しい人のかっこいいところも、情けないところも、お願いも、全部受け入れますよ」

全て覚悟しているし、この人の全てを愛している。

そんな周の情けない事とはなんだろうか、と内心で首を傾げつつも受け入れの姿勢を取った真昼に、周は躊躇いもそのままに真昼の首筋に唇を寄せた。

突然の接触に少しだけ震えるものの、痛みを与えられる訳でもなく、ただ吐息の熱だけを伝えられて、真昼は一瞬だけ強張った体をほどいた。

「……その、だな。……少しだけ、触れてもいいか」

小さく掠れた、しかし紛れもなく熱が込められたお願いに、真昼はぱちりと大きく瞬かせる。

周を全身で受け入れる事は、本人もするつもりがないだろう。それを考えて、触れてもいいか、というのは――。

何を意味するのか理解して一気に顔に血がのぼるものの、真昼は気恥ずかしさが消えないうちに周を見上げて、それから目を伏せた。

「……お、お手柔らかに、お願いします」

周に触れられる事は、好きだ。それが自分の知らない感覚を与える事かもしれないと分かっていても、拒むつもりはなかった。

周に教えてもらえるなら、きっと、悪い事にはならない。

それに、約束したのだ。二人で初めてを埋めていく、と。

周から与えられる初めてを、拒む筈がない。

恥ずかしさを堪《こら》えながら小さく返すと、周は嬉しそうにくしゃりと笑って、真昼の手を引く形でベッドに倒れ込んで覆《おお》い被さった。

照明の明かりを背負った周は、真昼の事を熱っぽく見つめている。慈しむように、愛おしむように、焦がれるように、乞うように。

黒曜石の瞳の奥で、隠し切れない、煮えたぎるような熱がちらついていて、その瞳に見つめられるだけで、不思議と体が熱くなって体の奥から火照りとして滲み出てくる。

とくとくといつもよりかなり早い鼓動が、自分のものでないような感覚だった。

いつも優しく遠慮がちに触れてきた掌が、遠慮がちながらも明確な意思を持って体をなぞる。

怖い、とは思わなかった。

「……その、嫌だったり、痛かったら、ちゃんと言ってくれ。すぐやめるから」

一瞬だけ緊張で体を震わせてしまった事を気にしたのか、周は素肌に触れる前にこちらをしっかりと見つめて、大真面目に宣言する。

さっきの色っぽさは何だったんだというほどに生真面目《きまじめ》でこちらを配慮した眼差しに、真昼はつい笑ってしまった。

「……周くんの好きにしてくださった方が、女の子としては嬉しいのですけど？」

「そ、そうなのかもしれないけどさあ。無理強《むりじ》いはしたくないから」

どこまでもこちらを気にかけた言葉に、真昼は静かに笑って周に手を伸ばした。

緊張と興奮からか上気した頰に手を添えると、燃料を継ぎ足されたように赤らみが増して、瞳が見開かれる。

「周くんにもらえるものは、全部、嬉しいです。……私に、周くんの気持ち、受け止めさせてください」

たとえ、それが少し痛いものだったとしても、周が与えるものなら、受け入れるつもりだ。

周が真昼に無意味な苦しみを与える訳がない、必要なものだと、分かっているから。

それも込みでの、覚悟なのだ。

しっかりと見つめて微笑めば、周は口元をもごもごとさせて何かを耐えるようにのみ込んだ後、体に触れた掌を真昼の顎に添えて、持ち上げる。

何をされるのか分からないでもない真昼が視界にカーテンをかければ、見えない筈のカーテンの向こう側で、緊張気味で、それでいて堪えながらも堪え切れなかった笑みを浮かべる周の姿が見えた気がした。

「……出来得る限り、真昼にとっても、よくなるように、頑張ります」

触れるだけの柔らかな口付けの後に小さく落とされた言葉に、真昼はそっと周に触れていた手を落とす。

全て、周に委ねていいと、身も心も確信していた。

(……だいじょうぶ)

この人となら、これから先もずっと。

そんな深い安堵と幸福感に満たされながら、真昼は誰にも触れさせた事のない場所を優しく拓《ひら》こうとする手を受け入れた。


朝起きた真昼は、自分が何処で寝ているのかを理解して、瞬時に唇を引き結んだ。

そうでもしないと、自分を包み込むように抱き締めて寝息を立てている周を飛び起きさせる羽目になっていた。

危うく叫び声が出てしまいそうだったのをなんとか堪えた後、真昼は寝起きで暴《あば》れさせられて早速疲れだしている心臓を宥めながら、ちらり、と瞳を閉ざした愛しの人を見上げる。

カーテンを閉ざしているせいもあるがまだまだ朝日がようやく顔を出した程度の時間らしく、消し忘れたサイドランプの明かりが眩《まばゆ》く見える。

その光にやんわりと化粧された周は、実に穏やかな表情で寝ていた。

心から満たされたような、普段の表情よりも幾分あどけなくて可愛らしい寝顔を見せていて、見ているだけで自然と笑みがこぼれてしまう。

真昼を抱き締めながらご満悦そうにすら見える柔らかな微笑みをたたえたような表情は、傍《はた》から見れば幼子がぬいぐるみを抱き締めている姿に見えるかもしれない。

その幼さが余計に昨夜とギャップを感じさせて可愛らしくて――そこから色々と思い出してまた唇を一文字に結んだ。

(……あれは、よくないです)

よくない、というのは、昨夜の周についてだ。

昨夜、全ては知らないものの色々な事を知ったし、お互いに教え合った。その結果今まで知らなかった知識も増えたし、新たな一面も知った。

たとえば、想像していたよりかなり器用だった事とか、観察力が高かった事とか、肝心なところでの臆病さは健在だった事とか。

それから、思ったよりも、耐えていた衝動は大きかったらしい事とか。

知った事を挙げていくだけで、眼差しが、指先が、唇が、真昼の事を知ろうと優しく丹念に触れてきた事を改めて思い出して、真昼の頬はすっかり熱を帯びていた。

ちらりとシーツに隠れた自分の姿を見るために布地を捲《まく》ると、しっかりと元の着用状態に戻ったというか戻された姿であった。

だが、それなりに繊細な布地には皺《しわ》が出来ていたし、泊まる前にはなかった華がぽつぽつと自慢の肌に植え付けられている。

ネグリジェから覗《のぞ》くだけでも所々に見える徴《しるし》が、周の独占欲と衝動の表れであり、昨夜触れ合った確かな証拠であった。

改めてそれを認識すると気恥ずかしいのだが、周がそれだけ真昼の事を欲していた、という事でもあり、周を強く咎める気にはなれない。

全くもう、と熱がこもった吐息を落として、自分を包み込む周の胸に顔を埋める。

今まで服の上から触れていたので分からなかったが、見た目よりも引き締まっていて逞《たくま》しくなった体を、昨日知った。触れ合って体感した。

なぞればしっかりと凹凸を感じさせる筋肉は驚くほど硬かったし、汗ばみ火照った肌は妙な色っぽさを滲ませていて、真昼の心臓を揺さぶるくらいに男らしかった。

だからこそこの体勢がかなり恥ずかしいのだが、その恥ずかしさより幸せが打ち勝ってしまって、こうしてくっついてしまう。

（……ちゃんと、男の人、だった）

疑っていた訳ではないし理解していたのだが、普段の紳士的な態度のせいで緩和されていたし真昼も油断していた。

結果として、周が必死に包み隠していただけなのだと、身も心にもしっかりと教えられた。

今自分の背中に回っている手が、余す事なく触れてきたものだと思うと、体が変に熱くなってしまう。

意識すると、無性に恥ずかしくて逃げてしまいたい気持ちと、このまま愛する人の腕に包みこまれて幸福な時間を過ごしたい気持ちが競り合ってくる。

周が起きていたなら、しばらくくっついて睦み合ったのかもしれないが、今はまだ周は起きていない。

それに、少しずつカーテンの隙間《すきま》から差し込む光は強くなっているので、朝の支度《したく》をしなければならないだろう。

休みとはいえ、真昼のルーティンはあまり変えたくない。

今回は体に響くような行為をした訳でもないので、活動を始めてもいいだろう。

しばらく好きな人の香りと温もりに包まれながら熟考した後、真昼はそっと周の緩やかな拘束から抜ける事を選んだ。

身支度を済ませて、朝ご飯を作る事に決めた。

決して、余計に思い出して恥ずかしさに呻《うめ》き声を上げてベッドの上で転がって身悶《みもだ》えしそうになったからではない。

起こさないように慎重にベッドから降りた真昼は、すっかり出来てしまったネグリジェの皺をなんとかならないかと生地が傷まない程度に伸ばしながら、時計はあったかと部屋を見回す。

それから机の上にあるブランケットで出来た山を見かけて、小さく笑ってしまった。

音を立てないようにスリッパを履《は》いて机に近づき、一晩ぬくぬくの刑に処された猫のぬいぐるみを開放してやる。

現れたつぶらで無垢《むく》な瞳は、昨夜の事を何も知らないだろう。

ご主人様の姿を一晩我慢させられた可哀想《かわいそう》な猫を優しく持ち上げて、何も知らずに穏やかな寝息を立てて熟睡している周の側に、そっと置いてやった。

起きたら真昼が居ない事に戸惑うか嘆いてしまいそうなので、周が寂《さび》しがらないようにとの配慮だ。

猫に寄り添われて安らかに眠る周の姿は、実に可愛らしい。

昨夜見せた精悍《せいかん》さのある表情や隠し切れない熱を持った眼差しの残滓《ざんし》は微塵《みじん》もなく、ただただいつもの、いや昨夜の周を知ったからこそ、いつもより幼く愛おしさが増していた。

後でこっそり写真を撮ろう、と本人が聞いたらやんわりと拒みそうな事を考えて、真昼はベッドに片膝をつき、まだお休み中の周の頬に軽く口づけを落として立ち上がる。

(朝ご飯、作ろう。周くんの大好きな、出汁巻き)

夫が起きてくるのが楽しみな妻の気持ちはこんな風なのだろうか、なんてまだまだ早すぎるし恥ずかしい事を考えながら、真昼は上機嫌で部屋を出て洗面所に向かった。

よく見ているひと

最悪だ、と真昼《まひる》は声に出さないように内心で呟いた。

起きた時から体調は悪かったし学校に居た時点でまあまあ今回の体調不良は重いな、と理解していたのだ。

頭は重石《おもし》を載せたように重くていつもより思考が鈍《にぶ》っているのは自覚しているし、動けば動く程鈍器をぶつけられているかのような、それでいて時折針を何本も刺したかのように痛みを増す下腹部。おまけに体は普段より熱っぽくて倦怠感《けんたいかん》が常に体にまとわりついている。

この現象が起きる事自体は女に生まれたからには仕方のないものだと割り切っているものの、ホルモンバランスが崩れているのも加味して非常に腹立たしく思えた。

若干情緒不安定になっているのを感じながらも、抑え込む事自体は出来るので、何とか理性でささくれた感情を宥めながら、そっとため息。

幸いと言っていいのか、真昼は世に聞く女性達の悲鳴の内容よりは比較的軽い方であるし、薬が効けば問題なく動ける程度のものだ。

これ以上にひどいなら病院待ったなしだろうが、日常生活を送れないような耐えきれないものではなく、あくまで不快の範囲に収まっている。

こういう時に女性に生まれてしまった事に後悔するのだが、選べるものでもない。

とりあえず薬を飲んで不快感は顔には出さないように学校で過ごしてようやく自由な時間を得た真昼は、脇目も振らずに直帰して、精神的に落ち着くので周《あまね》の家で静かに大人しく過ごしていたのだが……しばらくして買い物袋を携《たずさ》えて帰ってきた周が、こちらをじっと見てきた。

「帰るの早かったなあ」

「すみません、今日買い物お任せして」

「いや構わないよ。ただ、その感じからして結構早めに帰ってきたかな？　って思ってさ」

確かに、今回はかなり足早に帰ってきた。

体の不調はあったものの、とにかく周囲に人が居るのが嫌だったので静かに過ごしたいという欲求を叶えるためにかなり早足で来た。

周が帰ってくる前にもう一度薬を飲んで落ち着かせていたものの、完璧に痛みがなくなる訳でも即効性がある訳でもないので、じんわりとした体の倦怠感とお腹の鈍痛は奥から滲《にじ》んで真昼を苛《さいな》んでいた。

「今日はおうちでゆっくり過ごそうかと思いまして」

軽く腹部の痛みと不快感を隠すようにお腹に手を当てながら微笑《ほほえ》むと、周はじーっともう一度こちらを見てくる。

その眼差しは、どこか真昼を探るようで。

「何か？」

「いや、何でも」

何か考え込むような素振りを見せた周だったが、そのままスーパーの戦利品を冷蔵庫に収納しだしたのでホッとしながら周がせっせと動く姿をぼんやりと眺める。

随分とこなれた様子でテキパキと食材を仕舞った周が振り返って、カウンター越しに「真昼」と呼んでくるので、真昼はいつもよりソファの背もたれに体を預ける体勢からぴんと背筋を伸ばした。

「お湯沸《わ》かすけど何か飲む？」

「え、あ、はい」

突然の提案によく考えずに頷いたのだが、周はその真昼の気が逸《そ》れたような状態に気付いてかいないのか、いつもよりもそこはかとなく柔らかい眼差しをこちらに向けていた。

「俺の独断で淹《い》れてもいいか」

「あら、周くんお手製の飲み物を振る舞ってくれるのですか？」

「そうですよっと。じゃあ勝手に淹れるからな」

温かい飲み物を淹れてくれるだけで有り難いので全て周に任せてしまったのだが、特に心配はしていない。極論お湯を注いでくれるだけでも十分だ、冷ましながらゆっくりと飲めばいいだけの事なのだから。

あまり動きたくないのでもう周におまかせコースで、またソファの背もたれに体重を預けながらぼんやりとケトルの口から鳴る音が大きくなっていくのを聞いていると、いつの間にか周がリビングに戻ってきていた。

その手にはカップが一つ。

あれ、と思った時には「ほら」という言葉と共に真昼の手にカップが握らされていた。

二重構造の持っても熱くないカップの中には、薄く黄色に色づいた液体が入っている。

何やら繊維のようなものが多少混ざっているように思えるのだが、周が何を淹れていたのか、ぼんやりとしていてよく見てなかったので中身が分からない。

カップを少し傾けると、ほのかにとろみがついているのかゆったりとした流れを見せている。

先程までかき混ぜていたのか、くるりくるりと洗濯機に放り込まれた衣類のように何かの繊維が渦を描きながら踊っていた。

「……これは？」

「はちみつ生姜湯。生姜もはちみつも体にいいし温まるだろ」

そう言って、ダイニングの椅子に掛けてあったブランケットをそっと真昼の肩にかけてから、謎の袋を真昼の膝の上に乗せてくる周に、困惑させられっぱなしだった。

手にしたカップからの柔らかな温もりに加えて膝の上にもホッとするような温もりと重みが

増えて、真昼がどういう事だと周を見上げても、周は穏やかな表情のままだ。

「お腹に当てておいて」

そのよく分からない袋が湯たんぽだったと気付いて声が漏れそうになった。

重みと少し傾けた時の音で中身はお湯のものであると気付く。

先程の「お湯沸かすけど」というのはそもそも湯たんぽのためだったのだろう。周本人分の飲み物はキッチンにも見えないという事は、湯たんぽと真昼の飲み物のためだけに聞いた、という事だ。

隣に少し離れて座った周は、深刻そうな顔ではなく、あくまでフラットな表情に少しだけ心配の色を乗せた眼差し。

「楽な体勢で居た方がいいよ。飲んだ後横になる？」

「い、いえ、そこまででは」

「ならとりあえずはこのままでいいかな。辛かったら言ってくれよ」

さらっと体調不良に気付いていた事を告げた周がエアコンのリモコンを持って温度を弄っていて、完全に見透かされている事を理解させられた。

「その、な、何で分かったのですか？」

「……体調悪そうな感じの雰囲気あったし、お腹に手を当ててたから。定期的に体調崩してたら、何となく察する、というか」

気まずそうに説明する周は、どうしてか申し訳なさそうにしている。

申し訳ないのは勘付かせた上に気遣わせてしまったこちら側なのだが、周は何かを気に病んでいるようだった。

「き、気持ち悪くてごめん」

「何でそういう話になるんですか」

「いやその、異性にそういう事知られるのとか気遣われるの、き、気持ち悪いとか思われるかと」

変に気遣われる事が嫌だという人も、そもそも気付かれる事自体が嫌という人も居るので、言われてみれば周の躊躇《ためら》いはよく分かるものだった。

真昼としては、周が気付いていた、という事実についてはかなり驚いたものの、嫌悪感はないし、納得もしていた。

そもそも周と過ごすようになってそれなりの時間が経っているし、周の事を好きになってからは学校が終われば大抵こちらに居るようになっている。風呂と寝る時以外は大体周宅に居ると言っても過言ではないだろう。

それだけ長い時間共に過ごしていれば、やはり定期的な不調はどこかしらで気付かれてもおかしくない。

避けられるのではないかという周の心配や不安も分かるが、真昼的には周は真昼の事を見てくれているんだ、という安心の方が強かった。

「……見知らぬ人に知られてたらあんまりいい気持ちはしませんけど、それなりに一緒に過ごしている周くんに知られても別に。私がうっかり顔に出してたという事ですから」

「顔に出さないようにしてたのか」

「痛み自体は毎月の事ですから仕方ない部分はありますし、顔に出たら気を使わせるでしょう」

どうあがいても定期的な体調不良に襲われる事は決定事項であるし、それについては仕方ないものだと受け入れていた。

痛いのも慣れっこなので、他人が居る時は表情や仕草に現れないようにと努力していたのだが、結局周に見抜かれているのだから無駄な努力だったのかもしれない。

出来るだけ周には心配かけたくなかった、と思いながらもこうして心配して気遣ってもらえる事が嬉しいと矛盾した感情を抱きつつ隣の周を見やると、彼は大真面目な表情で真昼を見つめている。

「そりゃ体調不良の人間を気遣わない訳がないというか。母さんが重い人だったから、色々聞かされてるし……俺に出来る事があればするのは当たり前だろ」

こういう時に周の育ちの良さ、と言えばいいのか、本質的な善良さが際立つ。

周の両親が周に素晴らしい教育を施したというのは、この接してきた半年ほどで身に沁みて分かった。

口は多少悪い所はあるものの素直で柔軟、よく他人を見ており、さり気なく必要な手助けが出来るし、それを恩に着せる事もなく、当たり前のように気遣いながらこちらを大切にしてくれる。

自分に自信がない故に自分の事がいい加減なのは欠点だが、それを補って余りある長所だろう。

そのいい加減な所も最近では改善されているし、それでも駄目なら真昼が補ってあげたいと思わせるほどに、彼は真昼にとって素敵な人だった。

「周くんそういう所ありますよね」

「いや普通だろ……真昼も俺が体調悪かったらベッドに強制移動させるだろ」

「まあ、それは」

「だろ?」

何故か自信満々に胸を張った周につい笑うとズキリと腹部が痛んで一瞬体を強張《こわば》らせるのだが、周はその様子を見て途端にしょげたような気遣うような、やや不安げな瞳になって、心配そうに真昼を映している。

「その、すごく体調悪いならお家に帰った方がいいとは思うんだ。静かに寝ていた方がいいなって。でも、耐え難いほどに辛そうって訳じゃないかな、とも思ってさ。……体調悪い時って、人が邪魔な時と心細い時があるから、真昼の判断で居てもらった方がいいかも、と思ってですね」

あせあせ、と困惑を浮かべながらぼそぼそと説明する周に、真昼は口元を隠しながら笑った。

どこまでも、こちらを気遣って優しく提案してくれる彼には、本当に参ってしまう。

「……今は、一緒に居た方が、いい、です」

今なら、素直に甘えられる気がした。

本来なら迷惑をかけないようにさっさと帰るべきだったし、周と関わりだした頃の真昼なら何かと理由をつけて帰宅していただろう。でも、今の真昼は、周を頼れた。

それだけ真昼にとって周の存在が内側の柔らかい所に入って、温もりを与えてくれている、という事を改めて実感して、妙に胸の奥がくすぐったかった。

「……すごく辛いとかではないです。ただ、活動するのに不快さがあるだけで」

「うん。今日は俺がご飯作るから」

「……周くんが？」

「まかせろ、師匠が優秀なので俺もちょっとは作れるようになってます」

「ふふ、教え子が優秀だったのもありますよ？」

「真昼の教え方が上手いんだよなあ」

周はそう言うものの、実際は周の飲み込みが早かったというのが大きい。

最初出会った時は焦げた野菜炒めだったり加熱しすぎてボロボロのオムレツだったりと下手

ではあったが、手本を見せた上で理論的な教え方をすればすぐに吸収してくれた。

元々周は勉強が出来るタイプなので料理は化学と同じようなもの、と分かればみるみる内に料理手順への理解を深めていったのだ。

技術はまだまだ拙いものはあるが、今では周が一品作る事もあるし、毎日手伝ってその腕を磨いている。

なので、周が作るという点では心配していなかった。

「食べたいものはある？」

「……食欲すごくある訳じゃないので、温かいもので刺激物でなければ」

「分かった。冷蔵庫にあるもので頑張ります」

「成長しましたねえ」

「流石に俺も学びますー」

「ふふ」

こうして軽やかな会話をしているだけで、身体の倦怠感が和らいでいる気がする。

周も意図的に少し明るげな声を出しているのは、真昼の気を痛みから逸らすためのように思えた。実際、こうして会話をしていると、気が楽になっているとつくづく思う。

「……薬は飲んだ？」

「はい」

「そっか。他にしてほしい事はある？」

優しげに聞かれるとどこまでも甘えてしまいそうで、真昼は少し躊躇ったのだが、周が「幾らでも甘えてくれていいぞ」と悪魔のような囁きを真昼に向けるので、真昼は小さく唸った後、ちらり、と周を見た。

「少しだけ、寝たい、です。でも、帰るのは、や、というか」

ベッドを借りるのは流石に悪いのでソファで軽く仮眠したい、というものだが、周はぱちぱちと瞬きを見せる。

異性の家で寝るなんて、という突っ込みが飛んできそうだが、正直何度も周宅でうたた寝した事はあるし、そもそも体調が良くない人間に対して周が何かする筈もないという信頼を込めてのおねだりだった。

嫌がられるだろうか、とおずおずと彼を窺うと、周は困ったような微笑みを浮かべたものの、嫌というよりは恥ずかしいという意味合いのもののように思えた。

そっと、大きな掌が、頭に乗せられる。

「いいよ、ゆっくりお休み。側に居るから」

「……はい」

包み込むようなふわりと優しい温もりの声音に、真昼はゆっくりと目を閉じて、側に居る周の腕にもたれかかった。

びくり、と一瞬体が大仰《おおぎょう》に震えるのを感じたが、真昼は離れる気がない。

(側に居る、って言ったんですもの)

なら、これくらいはいいだろう。

触れた所からじわりと伝わる熱が、心地よい。

少し顔を周の方に向ければ、すっかり嗅ぎ慣れてしまった周の爽やかなミントのような香りとほんのりと柔軟剤のシャボンの香りが鼻腔《びくう》を擽った。

柔らかく落ち着くような香りに頬を緩めて、真昼はそのまま幸せな温もりを味わいながら意識を手放した。


温もりに満ちた夢から覚めてしまった真昼は、重い瞼をゆっくりと持ち上げて瞳のカーテンを外すと、視界が灰色で埋まっていた。

いつもよりかなり回転の遅い頭がぼんやりと先程まで何をしていたのかと遡って、そういえば仮眠したのだと遅れて思い返したものの、この目の前のものは何かと緩慢な動作で顔を上げた。

黒曜石の輝きが、真昼の視界に入る。

「おはよ」

そう角の取れたまあるい声音で囁いてくる人に、真昼は一瞬訳が分からず硬直した。

声の主である周は、真昼の覚醒を促すように「よく眠れたか？」と穏やかな声音で続ける。

「……、……おはようございます」

真昼もそこで『周にもたれかかって寝た』という肝心な情報を思い出して、思わず上擦った声で返してしまった。

やけに温かくて心地いいとは思っていたが、周の体温を感じながら呑気に寝ていたならそれは当然温かいだろう。

多少体が固まってしまっているものの、精神的な感覚ではむしろ快調とも言えるくらいにすっきりと満足していた。

「あー、先に言わせてほしいんだけど、これはその、真昼からしてきた事なので……振り払うのも、悪かったし」

「これ……？」

何やら少し悩みながらの申告に真昼は首を傾げながら周の示す『これ』を確認して、それからもう一度周の二の腕に顔を埋めた。

いつの間にか、周の手をしっかりと握って指を絡めている。まるで離さんと言わんばかりに、無骨な指を繋ぎ止めるように、指の間に自分の指を滑り込ませていた。

もたれかかるだけに飽き足らず手を握っていたらしい事を突きつけられて、真昼は呻きそうになるのを何とか堪えるしかない。

これでは確実に周は身動きが取れていなかっただろう。もたれかかった挙げ句片手の自由を完璧に奪っていたのだ、周的にもさぞ困った筈《はず》だ。

「ご、ごめんなさい、邪魔でしたよね」

「そんな事はないけど……真昼がちょっと寝にくかったんじゃないかとは思う。座ったまま寝る時点で今更ではあるけど」

「い、いえ熟睡でしたよ！」

手をぶんぶんと振ろうとして、手を繋いだままの事に気付いて慌てて力を抜くと、周は真昼の慌てっぷりが面白かったのか喉を鳴らして笑い、そのまま丁寧な動作でやんわりと絡まった指をほどいた。

何故か喪失感が襲って声に出そうだったものを堪えつつ、いつまでも体を預けている訳にもいかないとソファに座り直して、同じように座り直したらしい周を見上げる。

周は周で真昼の様子が寝る前よりも活発になったのを分かったらしく、安堵したような眼差しを向けてきていた。

「薬は効いた？」

「はい。体調も大分よくなりました。ご迷惑おかけしました」

言葉通り、かなり迷惑をかけたように思う。

気を遣わせてしまったし実質的な行動制限をかけてしまって、ソファに固定されていた周としてはかなり退屈な時間だっただろう。

それにもたれかかっていたせいで真昼の体重を幾らかかけているわけで、無駄に疲れさせてしまったに違いない。

こちらとしてはかなり申し訳なかったのだが、周はいつもと変わらない表情で、というか何故謝られたか分かっていない様子で黒い瞳を数回瞬かせている。

「何でだよ。迷惑とか思ってないし、むしろ頼ってくれるのは嬉しいぞ？」

「……甘やかさないでください」

「こっちを甘やかそうとしてくる癖によく言うよ」

俺にもさせろ、と周は真昼の頬をぷにっとつついて来て、その擽ったさについ目を細める。

「それはそれ、これはこれです」

「なんだそのずる」

「ふふ、私はずるい女ですので」

あまり気に病みすぎても周の方が気にしてしまうので、この優しくて紳士的な周に感謝しつつ譲らない姿勢を見せると、周が分かりやすく不満そうな顔になってしまってつい笑ってしまった。

こうして軽く睡眠を取って笑いあったお陰か、単に薬のお陰なのか。多少固まっていたものの、随分と体は軽くなっていた。

ちらりと時計を見れば、どうやら一時間弱寝てしまっていたらしい。

本来ならもうご飯を作り終わっていてもおかしくない時間帯で、こういう所でも周に迷惑をかけてしまったな、と反省しつつ「ご飯の支度を」立ち上がろうとして——立ち上がれなかった。

体が重い、とかではない。

物理的に、周に押さえられていた。

正確に言うなら手で引き留めるという形で真昼の動きを止めていて、彼らしいやんわりとした力加減ながら絶対に立たせないという意思はたっぷり込められている。

「真昼は座ってて」

「え、でも楽になりましたし」

「でも本調子じゃないんだろ、まだちょっと気だるそうだしさ。ほら、俺が作るって約束したんだから、俺に約束守らせて？」

確かに周が作るとは言っていたものの、別に普通に動ける程度には回復しているのだから、と言いたかったのだが、周の瞳を見れば譲る気が全くない事も分かってしまう。

これも彼と親しくなってから分かった事だが、基本押しに弱い周であるものの、一度これと決めた時は梃子でも動かない。

そうなった場合、抵抗しても無駄、こちらが折れるまで譲らない人なのだ。

その譲らない理由が基本的に他人のためだからこそ、真昼も強く拒めないのだ。

今度は真昼が不満げな顔をする羽目になったのでジト目を送るのだが、周は苦笑しながらも譲らないのは目に見えた強い瞳だった。

「そんな拗ねるなよ。……自分だけで何とかしようとしないの。俺に頼って」

「……はい」

「よろしい。大船に乗ったつもりで居てくれ。……真昼の豪華客船には敵わないけど」

「もう」

ちょっぴり自虐を混ぜたもののわざとだと分かっていたので笑った真昼に、同じように笑った周がくしゃりと頭を撫《な》でた。

この頭の一撫でが真昼を安心させるためのものだと分かっているので、真昼は静かに、喜びながら受け入れる。

真昼にしかしない、特別な事だと、真昼も確信していた。

「……少し時間かかるから、もう少し寝ていてもいいぞ」

「大丈夫です、ここから周くんの勇姿を見届けますので」

「心配性だなあ」

おかしそうに笑いながらキッチンに向かった周を、真昼は多幸感と安心感に満たされながら見送る。

心配ではなくて、自分のために頑張ってくれる事が嬉しくて嬉しくて堪らなくて、その気持ちと行動を余す所なく見届けたいから、周の様子を見るのだと、本人には分からないのだろう。

周専用のシンプルなエプロンに腕を通している姿が、愛しくて仕方ない。

まるで家族みたいだ、なんて勝手で浮かれきった妄想であり感想を抱きながら、真昼は周が食材達と格闘し始める姿をしっかりと視界に収めた。

小一時間経った頃には、真昼の目の前に湯気と共に芳しい香りを漂わせる皿が並んでいた。

ソファからダイニングテーブルまでだというのに丁重なエスコートを受けて移動した真昼は、周の作った料理に目を頼りに開閉する。

刺激的なもの以外の温かいもの、という注文でお粥あたりがくるのかなと思いきや、確かに米は使っているが国から違う。

深皿に盛られていたのは、粘度を感じさせるクリーム色のリゾットだ。恐らく匂いと見かけ的にクリームリゾットだろう。米だけではなくきのことほうれん草も少量加えられていて、茶褐色と緑色のアクセントが加わっている。

「豆乳リゾットなんだけどさ。一応、生米から作る努力はした。あと冷凍庫のきのことほうれん草使ったけどいい？」

成長を感じさせる解説に呆気に取られている真昼に、周は「ちゃんと作るって言っただろ」

と確かな自信を含ませた言葉を追加でかけてきた。

信じていなかった訳ではなかったのだが、周のレパートリーからこれが出てくるとは思っていなかったので、想定外過ぎて動きがフリーズしてしまったのだ。

「食材は大丈夫ですよ。美味しそう」

「よかった。嫌だったらどうしようかと思って」

「周くん、私が好き嫌い殆どないって知ってるでしょうに」

「まあそれはそうなんだけどな。気分じゃない、ってのはあるかと思って」

「適当なオーダーした挙げ句全部お任せして作ってもらっておいて文句付ける筈がないのですけど……」

心意気だけでも嬉しいのに本当に用意してくれて、しかもそれが彼がほぼ全くと言っていいほどに料理が出来ない時から見守ってきて努力の成果を披露してもらったのだ。文句なんてとてもつけられない。

「よくリゾットにしようと考えましたね」

「食欲がなさそうって訳でもなかったからさ。ちょっとネットで見て、決めた。コンソメじゃなくて白だし入れてお味噌入れてみたんだ。こっちの方がほっとする味かなって。味見した感じ問題はなかったと思うけど……」

「周くんがアレンジの概念を……」

「そこまで感動されると複雑なんだけど。俺もやれば出来ますー」

　真昼の固まりように少し複雑そうにスプーンを持ってきた周に、真昼は「ありがとうございます」と微笑んで受け取り、改めて出来たてのリゾットを見る。

「食べてもいいですか？」

「うん、どうぞ」

　少し緊張しているのか窺うようにこちらを見てくる周に笑いかけて、いただきますと呟いてからスプーンでリゾットを掬《すく》う。

　まだ作り立てで熱々なのは分かっていたので少し息を吹きかけて軽く冷ましてから口に運べば、まったりとした舌触りと米の硬さを生かしつつ煮た特有の食感がする。

　生米から作っているお陰か見た目よりもさらっとしており、粘度は抑えられていて程よく口の中でばらけてくれた。

　口内でほどけた途端にふわりと香るバターとまろやかな豆乳、その奥に白だしが控えめながらも確かな味の中心に居て、優しい味わいを生み出している。

　味噌を使った、と周は言っていたが、このあっさりしつつも確かなコクがあるのは味噌のお陰だろう。主張はやんわりとしてそこまでないが、ひっそりと味に深みを出しているのは正に隠し味と言っていい。

　少し小さめに刻まれたきのこもリゾットに旨味として溶け込んでおり、全体としてまろやかで落ち着くような、滋味深く安心感のある味にまとまっていた。

「……どうかな」

「美味しいですよ」

「お世辞は何%?」

「お世辞の混入を決め付けないでくださいよ、もう」

確かに美味しさに固まってはいたが、お世辞の解答を脳内で弾き出すために固まっていた訳ではない。

そもそも自分達の間にお世辞なんて要る間柄ではないだろう、と周に視線で訴えれば、ほんのりと申し訳なさそうな視線を返された。

「ちゃんと美味しいですよ。丁寧に作ったのが分かります。素材の味を生かしたやさしい味がします」

「そりゃよかった。俺もいただきます」

真正面から本心で褒めると気恥ずかしくなったらしい周がいただきますもそこそこにリゾットを口に運んだ。

味見していたらしいので味は分かっているのだろう、真昼程の感動はなかったがそれなりに満足そうに目が細まっている。

「美味しいけど、やっぱ真昼の作るものに比べるとまだまだだなあ」

「何でそこで比較するんですかねえ。というか十年くらい料理してる私にすぐ追い付いたらかなりの才能だと思うのですけど」

「ならまず一生無理だなあ」

　急成長を遂げているとはいえ、調理技術や経験、知識は到底追いつけるものではない。そもそも追いつかれても困る、と思ったがどちらにせよ一緒に料理する事には変わらないのでは、という考えに至って、真昼は少しでも自分に頼るようにと願ってしまった自分の狭量さを恥じた。

「でも、美味しいですよ。……温まる味です。落ち着く、と言ったらいいのでしょうか。周くんの優しさが溶け込んでます」

「優しさが味になるもんかねえ」

「味覚って精神にも左右されるものですので、真心込み込みで美味しさもアップです」

　料理は何も腕前だけで決まる訳ではない。

　勿論料理の味が腕前に左右されるのは当たり前であるが、作り手の思いもまた料理に乗るものだ。

　その作り手の努力と思いやりを知っているからこそ、より美味しく感じるのだと、真昼は思う。

「……それに、単純に周くんが料理お上手になったのもありますよ。お米の硬さも丁度いいですし、味も優しくまとまってます」

「お褒めに与り恐悦至極」

「……からかってません？」

「からかってないです。……や、ほんと、ありがたいなって」

「ありがたいのはこちらの方ですよ、もう」

体調悪い事に気付いてもらって、気遣ってもらって、寄りかからせてもらって、料理まで作ってもらった。

周が優しくて人思いだからこそ、こうして真昼は甘える事が出来た。

これ以上に何を望めというのか、というくらいによくしてもらっている身として、感謝ばかりである。

周は実感がないのだろうが、他人に優しく出来る、という当たり前のようで当たり前でない事を平然とこなす所は、周の大きな長所だ。

真昼の態度に全く苦でもないというのが見え見えな感じで若干疑問を浮かべていそうな周を見つめて、真昼は「そういう所ですよねえ」と小さく呟いてスプーンを動かした。

二人共に食べ終えて一息ついたところで、片付ける準備をしようとしている周を見上げる。

「次からは、こういう負担をかけないようにします」

今回は周に気遣ってもらって楽をしたものの二人の食事を作るのだから片方に負担をかけてもよくないだろう、と思っての発言であったが、周の不思議そうな「何で？」という発言に真昼が目を丸くする番だった。

「え、何でって、周くんが大変でしょう？」

「全然？　何で？」

きょとんとする周が少し幼げに見えてしまうが、続く言葉はしっかりと頼り甲斐のあるものだった。

「むしろもっと頼ってほしいくらいだけど。体調悪くても我慢して動きますーってやってると体調不良後引きそうだし、休んでくれた方が俺としても嬉しいというか」

「で、でも、ですね」

「そもそも、これくらい負担でもなんでもないぞ」

そんなに俺は頼りないか、とやや不服そうな周に、真昼は真正面から姿を捉えられず目を伏せた。

「……そういう事言うと、調子に乗って寄りかかりますよ」

「どーんと任せておいてくれ。ほら、早速だが座ってろ。俺食器洗ってくるから頼っとけ頼っとけ」

「……はい」

全く負担に思っていなさそうな周が笑って「ん、よろしい」と頭を撫でてきて、つい、周をぼんやりと見る。

(好きだなあ)

優しくて、気遣いが上手くて、努力を欠かさない、頼りになる人。

真昼が気に病まないように自ら頼らせるような言い回しをした周の優しさは、一瞬では分からない程に気を回したものだ。

真昼が素直に頼れないのを分かってこう言ってるのだから、周は真昼をよく理解した上で言っているのだろう。

こういう人が理想的な旦那様なんだろうな、と、つい妄想してしまう。

ぽぉっと周の大人びた笑みに見惚れていた真昼に、周は眉を寄せてから下げた。

「……実はかなり体調悪い？　先に家帰って寝るか？」

真昼が呆けたような表情をしていた事が周の中で体調が悪いとイコールで結び付けられてしまったらしく、無用な心配をさせてしまって真昼は慌てて首を振った。

「ち、違います！　その……わ、笑いません？」

「どうした？」

「……周くんは、いい旦那様になるだろうな、って」

自分でも突拍子もなければ柄でもない発言をしてしまって恥ずかしくなるのだが、周は引くでもなくただ驚きと少しの気恥ずかしさを滲ませていた。

「ふ、深い意味はなくてですね⁉　その、こうして気遣ってくれて率先して動いてくれて見守ってくれているのを感じて、そう思ったというか」

何を言っても言い訳じみて聞こえるのは、自分の気持ちを理解しているからだろう。

あまりにも好きという気持ちに抑えが効いていないしよく考えずにとんでもない事を口走っているので、やっぱりこの期間は情緒が定まっていないのだと痛感した。

勝手に熱を帯びだす頬を何とか抑えようにも、周の視線を受けていると考えるだけで嬉しさと恥ずかしさで燃料が追加されたように燃え盛っていく。

耐えきれずに「うぅ」と自分史上三本の指に入るくらいの何とも情けない声を出して俯いた真昼に、周もまた盛大に狼狽えていた。

「そ、そう思ってもらえるのは、嬉しい、です。で、でも、これくらい、普通だからな？　ほら、休んで休んで」

若干早口で片言になりながら真昼に語りかけた周は、かなり手早くトレイに食器を載せてキッチンの方に逃げて行ってしまった。

真昼は、顔を上げられずに俯いたまま体を縮める事しか出来なかった。

すっかり体の痛みはなくなった変わりに元々あった火照りが中々消えない炎へと変わってしまって、その熱量を抑え込むのにかなりの時間を要する事になったのだった。

これから歩む未来

真昼《まひる》が初めて明確な敵意を向けられたのは、年齢が二桁《けた》に突入した時だった。

「椎名《しいな》さんってずるいよね」

学校の帰り道、クラスメイトと二人きりになった際に、唐突に切り出された。

普段は他に交流している友人と帰っていたのだが、今日は他の人と約束があるという事で、方向が一緒だからという理由でたまたま然程《さほど》交流のないクラスメイトの少女と帰路についていた。

基本的に誰《だれ》とでも程よく交流する真昼なので、特に彼女と話す事も苦ではないし当たり障りのない会話をしながら帰っていたらいきなりの発言だ。困惑するのも当然だった。

「ずるい、ですか？　何が？」

具体的に何が、と先に言わなかったせいでそのずるいが見当つかず、頭にはてなマークを浮かべながらも彼女の言葉を待っていると、それを余裕だと捉《とら》えたのかキッと睨《にら》みつけてくる。

普段はどちらかといえば大人しめの彼女にここまで敵意を向けられるというのは全くの想定外で、真昼としては戸惑うしかない。

そもそも真昼は学校ではいい子で振る舞っている、という自覚がある。誰かを除《の》け者にした事はないし、いつも笑顔を絶やさないようにして人当たりよく過ごしている。

積極的に接触してこない彼女にも態度は変わらなかったし、どちらかといえば輪から外れがちな彼女をそれとなく誘導して仲間外れにしないように気を配っていた。

それが嫌だったというのなら怒るのも分かるのだが、彼女が放った言葉は「ずるい」であり、真昼の対応についての悪感情でもなさそうなのだ。

全く心当たりがないので分からないとしか返せない真昼に業を煮やしたのか、彼女は眉尻《まゆじり》を分かりやすく吊《つ》り上げながら唇を震わせて言葉を紡《つむ》ぐ。

「鈴木《すずき》くんに好かれてるもん」

拗《す》ねというには随分と刺々《とげとげ》しい声音だったが、そこで彼女が何に不満を持っているかは分かった。

ただ、真昼にはどうしてずるいのか、という事は分からなかった。

彼女の言う鈴木というのは、クラスメイトの男子の事を指すのだろう。ここ最近で真昼に関《かか》わってくる鈴木という名は彼しか居ない。

確かに鈴木に話しかけられる事はあるしちょっかいを出される事もあるが、真昼にとってはそれだけなのだが、彼女は響いた様子のない真昼の態度に更に怒りがエスカレートしていた。

「いっつも話しかけられてるし、遊びにさそわれてるし、笑ってもらってるでしょ！」

話しかけられるのは彼がムードメーカー男子の中心、真昼は真昼で女子の中心に居るので、何かと話す機会があるだけにすぎない。

構われているのは事実だし鈴木はいつも笑っているタイプなので笑いかけられているといえばそうなのだが、一律の対応をしている真昼としてはこれぐらいで攻撃されても困るという感想しかなかった。

「鈴木くんは私が先に好きになったの！　取らないでくれない⁉」

「そんなつもりはないです」

そもそも自分のものですらない、と付け足したくなったが、今の彼女には聞き入れてもらえない事も察していたので、短く済ませる。

「じゃあなんで鈴木くんと話すの。好きじゃないならやめてよ」

「クラスメイトとして以上に話した事がないですけど」

「うそつき！」

嘘《うそ》も何も真昼にとっては事実なのだが、彼女から見えた真昼はそうではないのだろう。

どう説明しても納得してくれなさそうで、真昼としては本当に困っていた。

真昼にとって、鈴木は単なるクラスメイトであり異性としての好意なんてものは微塵《みじん》もない。

もっと言うなら、どちらかといえば苦手タイプだ。

いい子として振る舞っているし明るく人当たりの良い女の子を演じているものの、元来の真昼は大人しくしていたいし自分のペースを崩されたくないタイプだ。

彼は明るくフレンドリーで、そのフレンドリーさ故に距離が近い。

そこまで親しくもないのにずっと仲良しだったよと言わんばかりに近づいてきて話されてもいい気分ではないし、それを理解せずにぐいぐいと押してくるような人を、真昼は好きにはならない。

誰に対しても距離が近く押しの強い彼と、当たり障りなく接する真昼を見ていたら、彼女が勘違いをしてしまうのも無理はないのかもしれない、と真昼は思い返して少しだけ反省をした。

でもやっぱり好きという態度は全く取っていないのだけどな、とも思うので、軽く呆《あき》れてしまうのも仕方ないだろう。

「とにかく、鈴木くんと仲良くしないで」

「はあ、それで井上《いのうえ》さんがいいなら」

何故《なぜ》か命令されてしまったものの、彼と別に話したいとは思っていなかったし普通のクラスメイトとして程よい距離に接するだけなので何も困りはせず、素直に受け入れた。

彼女はそれに満足したらしく、ふんと鼻を鳴らしてもう用はないと言わんばかりに真昼にぶつかるようにして押し退けて走り去っていった。

ぽかんとしている真昼はランドセルを揺らしながら走り去っていく彼女の背中を見送って、それから「すごかった」と感想をぽつり。

あまり深く関わる事のない子だったが、大人しめかと思ったら結構気性の激しい子だったらしい。

意外だった彼女の評価を改めて、真昼はいつもと変わらない歩みで自宅への道を辿《たど》った。

「お嬢様、好きな相手が取られそうになると攻撃的になる事もあるのですよ。若いうちは、特に」

恋をした事がない真昼には彼女の気持ちがよく分からず、家事をしにやってきた小雪に下校中にあった事を話すと、苦笑いと共に優しく返された。

窘《たしな》めるのとも違う、優しく優しく言い聞かせるような語り口に、真昼は余計に分からなくなった。

何故恋をすると攻撃的になるのかさっぱり分からない。他人に当たってどうするのだ、とすら思ってしまう。

「取られそうになった、って、別に要らないのですけど」

「お嬢様辛辣《しんらつ》ですね」

事実要らないのだから仕方がない、と小雪を見るのだが、彼女は相変わらず苦笑したままだった。

「恋をするとですね、好きな人が他の人のものになってしまわないか怖くなるのです。自分がほしいと思うものを目の前で取られたらって不安でいっぱいで、その奪ってしまうかもしれない相手に対して引き下がれってアピールをしている訳です」

「牽制《けんせい》してる、って事ですか」

「そういう事ですね」

それなら彼女の行動原理も分かったが、より分からなくなってしまった部分もある。

「でも、鈴木さんは元々あの子のものでもないでしょうに。取らないで、っていう言葉選びが分からないのですけど。いつからあの子がそういう事言う権利が出来たのでしょうか？」

彼女はまるで鈴木が自分のものだと言わんばかりの言い方をしていたので、そこが不思議だった。

そもそも彼女と鈴木に接点などあまりなかったような気がしたが……と記憶を探ってみるものの、やっぱり彼女から鈴木にアタックをしかけていた覚えがない。おずおずと話しかけているのは見たものの、それだけだ。

「全員がお嬢様のように事実と感情を分けて考えられる訳ではないのです。いつかお嬢様もこの気持ちが分かるかもしれませんから、あまり悪く言ってはいけません。それと、要らないって言ったら反感買うので胸に留《とど》めておきましょうね」

「理由は？」

「私が欲しい物を要らないってどういう事なの、そんなもの欲しいのって言いたいの、私の事見下してるの、っていう気持ちになるのですよ」

「向こうから取らないでって言ったのに要らないって言うと怒るの、おかしな話ですね」

「人間ですからねえ」

小雪は真昼よりも圧倒的に人生経験が豊富なので、小雪がそういうのならそうだろう、と納得しつつもやっぱり感情に振り回されすぎる人とは関われないないという気持ちも湧《わ》いてしまう。

「取られたくない、って思うのと、それを相手にぶつけるのは違う事です。お嬢様は、分かりますね？」

「はい」

「よろしい。……お嬢様にも好きな人が出来たら分かると思いますよ、好きな人が他の女の子を見ている時の不安が」

「……好きな人」

小雪に言われても、真昼としてはしっくりこないものだった。

真昼の築いている人間関係で一番好きなのは小雪だが、その小雪に対して恋愛感情で好きという事ではないし、小雪への好意を超えられるような感情を異性に抱けるとは思っていなかった。

よく女子の方が精神の成長が早い、なんて事が書いてある書物を見た事があるが、実際、真昼からすればクラスメイトの男子は子供っぽく思える。別に見下すという訳ではないのだが、かなり直情的や衝動的に行動する事が多くて、接していて疲れる、というのがある。

元々真昼も自分が歳《とし》不相応に成熟しているという自覚があるので、余計に差異を感じて親しくなり切れない感覚があった。話が合わない、と言えばいいのか。

なので自分が好きな人が出来る、という想像が上手《うま》く出来なかったものの、大人になればもしかしたら出来るかもしれないので、小雪の注意した事柄には気を付けるつもりだ。

「もしも好きな人が出来ても、人に当たらないようにしたいです」

「そうですね。それに、もし好きな人に人に文句つけている姿を見られていたら、その人と親しくなる事は難しいかもしれません」

「難しい」

「もしお嬢様を好きって言ってくれている人が居て、その人がお嬢様と仲良くしている人に自分勝手な感情だけで強くぶつかっていたら、お嬢様はどう思いますか?」

「その人から離れます」

どう考えても仲良くしない方がいいタイプだ、と真昼でも分かる。

「そうですね。怖いですもんね」

「はい」

人の大切なものを大切に出来ない人間が、自分を大切にしてくれるとはとても思えない。

勝手な『大切』を押し付けて傷つけてくる、というのが何となく察せるので、真昼もそんな人間と親しくしようとは思わなかった。

　それを考えると鈴木が本当に真昼の事を好きかはともかくとして、その好きな相手に強く当たってきた彼女は、真昼にとって害になる人間なのだろう。

　ずるい、という嫉妬《しっと》の感情で攻撃的になっていた彼女の理由は分かったので真昼としては怒っていないが、そのずるいという感情を真っ当に生かせなかったのか、とも思う。

「不思議なのですけど、どうして、ずるいって言うだけで、好きな人に好かれる努力をしないのですか？　ずるいって言うだけで、好きになってもらえると思ってるのですか？」

　真昼の事をずるいと思うなら、真昼くらいになればよかったのではないか。振り向いてもらう努力をするべきではなかっただろうか。

　努力をしていない、とは言い切らないが、好きになってもらうためのアピールは、真昼が見た限りではほとんどなかった。積極的に話しかけに行ってはいないし、彼が好きなものを理解しようとしているようにも思えなかった。

　それで好きになってもらう、というのは恋愛感情を理解していない真昼にも難しいように思える。

「うーん。お嬢様はそれ他の人に言っちゃだめですからね」

「はい。小雪さんだから言いました」

　流石の真昼も、これまでの人生でこれを言うと他人から排斥《はいせき》される、というラインは見極めてきているし、いい子として立ち回るためにも人の神経を極力逆撫《さかな》でしないようにしてきた。

先程の疑問は本人にぶつけては駄目な事だとは分かっているのだが、どうして、という疑問だけは一人では解決出来なかったので、大人であり信頼関係のある小雪にだけ問いかけたのだ。

真昼にとって、努力は当たり前にするものだし、努力する過程で苦しい事はあっても努力する事そのものは苦ではなかった。

頑張れば、余程厳しい条件でない限り望んだ目標を達成出来る、と思っていた。

だからこそ、不思議なのだ。

流石に人間関係なので手に入るかはさておき、そもそも努力をしなければ相手に見てもらえすらしないのに、何故その努力を怠るのか、と。

欲しいと言うだけで手に入るものなのか、と。

それから、ほんの少しだけ――真昼がどうしても欲しくてどれだけ頑張っても手に入らなかった愛情を、努力もせずに受け取っているというのに、どうしてそれ以上のものを求めるだけ求めて努力もせずに受け取れると思っているのか、と。

そう思ってしまったのだ。

そんな真昼の複雑な胸中に気付いたのか気付いていないのか、小雪は静かに微笑《ほほえ》んで、そっと真昼と視線を合わせるように腰を屈《かが》めて顔を覗《のぞ》き込んでくる。

「お嬢様は、当たり前のように頑張るから、分からないのかもしれないですね」

その声音に微《かす》かな哀れみにも似た苦いものが含まれている事は、真昼にも分かった。

「叶《かな》うか分からない願いのためにどんなに苦しくても頑張れる人は、お嬢様が思うよりずっと少ないのです。努力を続ける事も、また才能なのです」

「……才能」

「人は、何もしないで美味《おい》しい話が転がってこないかな、と易《やす》きに……楽な方向に流れてしまうものなのですよ」

「そんなにおいしい話ってあるのですか？」

「うーん、そうですねえ。本当にたままいい事がある、というのはまああり得る事ではありますよ。問題は、そこからどうするか、というものです。人間、降って湧いた幸運がずっと続くと思い込むものなのですよ。あの時はああだったから、次もそうなる筈だ、って。……一回の幸運で味を占めて、その一度きりの幸運を追い求めて努力をしなくなった結果、何も手に入らず時間を無駄にして欲しいものは永遠に手に入らなくなる、という事はあり得る事なのです」

どこかで聞いた事のある童謡の話にも思えるそれは、どうしてだか実体験を伴ったもののように聞こえた。

柔らかくも教訓を語るような鋭さのある言葉を静かに聞いていた真昼に、小雪はにこりと微笑む。

「話はずれましたけど、お嬢様はたゆまぬ努力が出来る人です。素晴らしい所だと思いますし、誇るべき長所です」

その努力を他人に要求しては駄目ですけどね、と付け足しながら、小雪は真昼の手を握る。

真昼も成長したとはいえ大人の 掌《てのひら》は大きくて、すっぽりと包み込まれた。

それが嫌ではなくむしろ嬉《うれ》しいと感じるのは、きっと、真昼が本当の意味で誰にも手を伸ばしてもらえないからだ。真昼の偽らない感情を知っている小雪だけが、真昼にとって触れてもらって心地よいと感じる相手だった。

「お嬢様は好きな人が出来た時に、振り向いてもらえるように頑張らないといけませんよ。……お嬢様のお眼鏡《めがね》に適《かな》う相手は、多分、とても素敵な人だと思うので。美味しい物件は他の人に狙《ねら》われます。自分の手で摑《つか》まないと、ふらりふらりとすり抜けてしまうかもしれません。いやでしょう？」

「……はい」

そう、頷《うなず》いたものの、いまいち想像し切れない。

自分の隣に誰か好きな人が居る、という事が真昼には思い描けなかった。

そもそも人が自分に寄り添ってくれる事がないので、そんな光景を知らない、といった方が正しい。

「でも、好きな人が出来たら、の話ですよね。出来る気がしません」

「お嬢様の理想は？」

「……一緒に、家族になってくれる人」

口をついて出た言葉に小雪は顔を曇らせてしまったので、言わなければよかったと後悔した。

真昼もそうだが、何より小雪が一番に真昼の両親の事を気にしてくれていて、家族という言葉に敏感になってしまっているのだ。

もう、真昼は半ば諦《あきら》めがついているし、どれだけ願っても涙が枯れるくらいに叫んでも、縋《すが》り付いても、二人が真昼の事を見てくれないのは、分かっていた。

だからこそ、もし、もしも――自分が他人を好きになれるなら、一緒に寄り添って、家族として過ごしてくれる人がよかった。

「素敵な人と結ばれれば結果的に家庭は築けますよ。その前に、お付き合いしている時に求める事とか、ありますか?」

「……私の話をちゃんと聞いてくれて、一緒に居てくれて、一緒に居ると落ち着く人、がいいです。分からなかったら一緒に考えてくれて、辛《つら》かったら側《そば》に居て待ってくれている人が、いい」

異性の事を好きになるなんて、想像は出来ないけれど。

好きになるなら、きっとこんな人だ。

真昼の言葉をちゃんと聞いてくれて、側に居てくれて、自分だけを見てくれて、大切にしてくれる、そんな人。

(……好きになってくれるのかなあ)

自分でも分かっているものの、真昼は性根からして可愛《かわい》げのない人間だ。いい子として振る舞っている姿を好きになるのは分かるが、何もかも取っ払った真昼を好きになるような人間が想像出来なかった。

そもそも今のところ自分が他人を好きになる気配がないので、やはり実感なんて湧く筈もない。

居たらいいなあ、くらいの淡い希望を持っているくらいがいいだろう、と思いながら手を握る小雪を見上げると、小雪の手の力が少し強まった。

「お嬢様にも、いい人との出会いは、あります」

「……はい」

「駄目な殿方に引っかかっては駄目ですよ。あなたを消費物として見る人も、あなたを対等に見てくれない人も、あなたをこういう人だと決め付ける人も、駄目です。あなたをありのままに見て、あなたの努力を見て、あなたを認めて、あなたのままで受け入れてくれる、誠実で優しい人を見つけましょう。……私は、お嬢様の側に、ずっとは居られませんから。お嬢様を、幸せにする人を見つける事を祈るしかありません」

最後に、掠《かす》れた声で付け足された言葉に、どうして小雪がここまでしっかりと言い聞かせてきているのかを、ここで理解してしまう。

小雪は、ずっと真昼の側に居てくれる訳ではないのだ。

小雪は真昼の母ではない。雇われたハウスキーパーであり、赤の他人。何かの気まぐれで両親が彼女の事をクビにしてしまえば、そこで縁が切れてしまう脆《もろ》い関係なのだ。

彼女は、こうして母のような役割を果たしながらも決して母としては振る舞わない。真昼の事を『お嬢様』と呼び一線引いた立ち振る舞いをしているのは、真昼に甘い期待をさせないためでもあったのだろう。

何をどうしても、小雪は真昼の母にはなれないのだから。

それを遠くから、それでいて直接的に突きつけられて唇を噛《か》んだ真昼に、小雪は改めて真昼の手を包み直す。

ひどく染み入る温《ぬく》もりは、手から伝わって真昼の目元に溜《た》まって、熱を帯びさせていた。

「お嬢様を幸せにしてくれる人に選んでもらえるように、努力は欠かしてはいけませんよ。もしかしたら、色々な人が寄ってくるかもしれません。あなたを利用しようとする人、あなたを貶《けな》したい人も出てくるでしょう。それでも、あなたが磨いた自身の価値は変わりません。……外見だけでも、能力だけでもなく、あなたそのものを好きになってくれる人が、きっと現れますから」

母親ではないけれど、誰よりも真昼を案じて行く先を心配し、明るい未来に歩めるように優しく導こうと言葉を紡ぐ小雪に、真昼は胸が締め付けられるような感覚を覚えながらも小さく頷いて、俯《うつむ》いた。

「まあ、そのお陰というか、駄目な男性には引っかかってないんですよねえ」

少し黄ばんだような色あせたようなページを眺めていた真昼は、何だかんだ小雪の教育は正しかったし自分の好みも間違いではなかったのだなとしみじみしながら開いていたページを手帳ごと閉じた。

ぱたん、と空気が押し出されて紙がぶつかり合う音を立てるが、真昼は気にせず日記帳を閉じて腰を浮かし、目の前のテーブルに置いてからまた戻る。

遠慮なく後ろに体重をかけながら仰《の》け反《ぞ》るように見上げると、ソファ代わりになっていた周《あまね》と視線が合う。

脚の間に座るのも大分慣れてきたし、真昼も多少恥ずかしくありつつも普通に隣に座るより密着出来るからと内心喜びつつ周椅子《いす》を活用したのだが、彼は微妙に眉を下げていた。

先程までくっついていたのでこの体勢が不満という訳ではないと思うのだが、何かあったのだろうか……と彼の瞳《ひとみ》を見つめると、しゅんとしたように「もしかして俺《おれ》が貶される雰囲気？」と呟く。

そこで先程の独り言を勘違いされたのだと気付いて、慌てて抱き締めるか迷ってさまよっている周の腕を自分に引き寄せながら首を振った。

「誤解です誤解。日記を見ていて、駄目男に引っかかっては駄目、という小雪さんの言葉を思い出したんです」

先程まで真昼は周の脚の間で日記を読み返していた。

周は中身が見られる位置ではあったがプライバシーに配慮してか覗こうとはしなかったものの、真昼がこんな事あったな、という事を日記を読みながら周に話しかけていたのだ。

こんな事あったな、懐かしいな、と二人で笑いながらその時あった事を思い返していたが、流石に真昼の幼少期の事はあまり反応出来ないだろうと思って、幼少期を見返している途中は真昼も静かに読んでいた。

そのせいで、思わずこぼれた独り言を、当て付けだと勘違いしてしまったらしい。

「何だ、そういう事。急に含みのある言い方するからさ」

「すみません勘違いさせて。懐かしんでたら口にしてしまって……」

「ん、いいよいいよ俺も勝手に勘違いしちゃったからさ」

「……周くんは駄目男ではないですからね」

「駄目人間ではあるけどな」

「もう」

軽くからかうような声にこちらは軽く咎《とが》めるような声を返す。

「周くんの自称なんですよねえ、今となってはそれも」

「そうかあ?」

「周くんのどこを見て駄目って断言出来るんですかねえ。賢くて、家事全般出来て、気遣い上手で、優しくて誠実で穏やかな人って、早々居ないものですよ」

「俺のスペック下駄履《げたは》かされてない? 大丈夫?」

「大丈夫です素足です」

「じゃあフィルターかけてる」

「かけてませんってば、もう」

何故か素直に褒められてくれない周に呆れつつ、周の気持ちも分からなくはないので褒め殺しスタイルは控えておく事にした。

本人的にはまだまだなのだろうが、真昼からしてみれば、もう十分、というか十全に出来るようになっている。

少なくとも同年代の男子とは比べてはいけないくらいには、家事全般何でもこなせるようになっていた。

だというのに未《いま》だに本人的には納得がいってないらしいので、向上心は褒める所ではあるが自己の把握もきっちりとしてほしいものである。

「周くんはもう立派な自立した男性ですよ。むしろ一日くらいだめだめになって堕落してくださった方が甘やかし甲斐《がい》があるというのに」

「やめてくださーい人を駄目にしないでくださーい。俺が真昼を駄目にしたいの」

「そうしたら私が人に見せられない姿になるじゃないですか」

「今の時点で大分見せられないと思うけど」

笑いながら真昼のお腹《なか》に手を回す周に、口を噤《つぐ》む。

今の状況は、周の脚の間に座って、彼の体を背もたれにして寛《くつろ》いでいる。外での真昼では考えられないほどにだらけた体勢であるし、甘え方だ。傍《はた》から見たら周に駄目にされていると言っても間違いはない。

周は周で真昼が甘えてくる事はむしろ嬉しいらしくて好きにさせてくれるし自ら甘えさせようとしてくるまであるので、この状態はむしろウェルカムらしく楽しそうにしている。

「……これ以上に、です」

「俺としてはなってほしいけどなあ。お互いに尊重し合って対等で居たいけど、それはそれとしてひたすらに甘やかしたいし可愛がりたい」

そう染み入るような柔らかい声で囁《ささや》きながら後頭部に唇を寄せてくる周に、誰がこんな風に周を無自覚なたらしに仕上げたのだろうかと訴えたかったが、恐らく修斗《しゅうと》達と自分のせいになりそうなので、深く考えるのをやめた。

流石の真昼も、付き合って数ヶ月の今、自分の行いが周の溺愛っぷりを作り上げているのは察しているので、責めるに責められなかった。そもそも周に可愛がられて愛情を注《そそ》がれる行為が嫌な訳がないので、真昼は恥ずかしさに呻《うめ》きながら周の好きにさせた。

可愛がられる、と言っても慎重で恥ずかしがり屋な部分は変わっていない周は、真昼の髪に口付けて柔らかく包み込むように抱き締めるに留めている。

嫌がられる事はしたくない、というモットーが彼にはあるので、口で強気に言いつつも実際はかなり控えめな事もしばしば。

それでも今日はたっぷりと真昼を可愛がりたいらしく、大人しい真昼を包み込んで離さまいとしていた。

「……そのうち、小雪さんに報告しないといけませんね」

好きな人が出来て、付き合って、こんなにも大切にしてもらっているのだ、と真昼の事を一番に心配してくれていた人に伝えたいと思うのは当然だ。

「お付き合い始めた事を？」

「はい。……私の理想のパートナーを捕まえた、と」

「……理想？　俺が？」

「私の事を愛してくれる、というのは当たり前の条件ですけど……私を一人の女性として尊重して大切にしてくれる人、私を私だと受け入れてくれる人がいいって、ずっと思ってましたから」

つまるところ、真昼を真昼として尊重して愛してくれる人が理想だったのだが、その理想に周はこれ以上になく当てはまっているだろう。

これほどまでに、真昼を大切にしてくれて、真昼の事を知って、真昼の選択を見守ってくれる深い愛情を持った人は、二度と現れないと断言出来る。周は真昼にとっての理解者であり光のような存在だった。

「真昼のお眼鏡に適って光栄です」

「むしろ私が周くんのお眼鏡に適った事がびっくりなんですけどねえ。どう考えても私面倒くさそうな物件でしたよ」

「自分を軽んじすぎてるだろ真昼」

「だって」

もちろん自他共に能力が高いのは認めてるものの、本人的には中身にまあまあ問題があるとは思っている。

天使の皮を被《かぶ》りながらも中身は辛辣《しんらつ》、そのくせ寂《さび》しがり屋不安がり、誰かを求めていたくせに、自分の内側に頑《かたく》なに人を入れようとしなかった矛盾の塊。それが椎名真昼だ。

周は、その堅固なガードを抜けた先、内側に縮こまっていた幼子の手を取った。

壁を壊した訳でもなく、隙間《すきま》をすり抜けた訳でもなく、正面から玄関をノックして、真《ま》っ直《す》ぐに語りかけて。

時間をかけて真昼から手を伸ばしてくれるのを待ってくれた。

その真摯《しんし》で誠実な人柄は、周本人は理解していないだろうが得難《えがた》いものなのだ。

（ほんと、自覚ないんですよねえ）

見る角度によってはへたれと言われるだろうし押しが弱いと判断されるかもしれないが、真昼にとってそこが周の素晴らしい所だと思っている。

それはそれとして、奥手すぎる部分がある事は否《いな》めないしやきもきした時もままあったが。

「俺は、真昼以上に素晴らしい人と出会える気がしないし」

「あら、妥協ですか？」

「違うって分かってるだろ。……そもそも、真昼以外、見てない」

「……はい」

言われなくとも、周が真昼しか見ていないのはよく分かっていて、つい笑ってしまうのだが、この笑いをからかいだと捉えた周が少しだけ拗ねたような顔を見せる。

「何で笑うんだよ」

「いえ、幸せ者だなーって改めて思ったというか」

最愛の人に愛されてるなと実感して、幸せでない人間など居ないだろう。

「……真昼は、今、幸せ？」

「ええ、幸せですよ。この顔見ても分かりません？」

天使でもなんでもない、ただの真昼は、非常に分かりやすい人間だと思うのだ。彼の言動に喜怒哀楽を浮かべる、ただの女の子なのだから。

腕の中で周を見上げれば、周は緩み切った真昼の表情を見て安堵《あんど》したように眉を下げてへにゃりと笑う。

「……うん、よかった」

心底嬉しそうに囁くものだからこちらも照れてしまって真昼を抱き締める腕をギュッと自分の手で寄せると、わざわざそんな事はしなくてもいいと言わんばかりに周の抱擁が優しくも力強いものになる。

「もっと幸せにするためにも、もっともっと努力するから。足りない所とか至らない場所があったら、ちゃんと言うんだぞ」

「そうですねえ、たまに私の事ばっかり考えて自分の事後回しにしちゃう所は本当に駄目な所ですね」

周の欠点は、真昼のためと言って自分を蔑《ないがし》ろにしてしまいがちな所だ。

周を損なってまで優先されても嬉しくないし、そこに真昼の幸せはないという事を、周は一生懸命が故に見落としてしまう事がある。

そういう部分は指摘して窘めておかないと、後々お互いにとってよくない事が起こるきっかけになるだろう。

「そ、そんなつもりはないというか……俺にとって、真昼の幸せが俺の幸せに繋《つな》がってるっていうか、真昼が笑ってくれたら、俺も嬉しいし」

「周くんはおばかさんですねえ」

「……何でそうなるんだよ」

「だって、私もそうだって分かるでしょう?」

聡《さと》い周ならば、真昼の言いたい事を理解してくれるだろう。お互い似た者同士なのだから。

すぐに悟ってくれた周は分かりやすくしょげたように眉を下げて「……ごめん」と謝ってくるので、こういう素直な所も好きなんだよなとしみじみしながら微笑みかける。

「よろしい。前にも言いませんでしたか? 私、周くん大好きですので、周くんが嬉しいと私も嬉しいんです。……ですので、私ばっかり、じゃなくて、周くんも、優先してくださいね」

真昼の幸せが周の幸せなように、周の幸せが真昼の幸せに繋がるのだ。

好きな人が苦しみもなく笑って過ごす事が何よりも嬉しいし、それだけで心から満たされた気持ちになる。

お互いにその感覚を共有出来るのだから、真昼は幸せ者だろう。周も、そうだと信じたい。

「私にも、周くんを幸せにさせてくださいな。私『と』幸せになるのでしょう?」

真昼『が』幸せなだけでも、真昼『は』幸せでもよくない。

周『と』真昼が幸せになる、というのが、重要な事なのだ。

どちらの幸せが欠けていても、真に幸せになれるとは全く思っていない。それは不幸の始まりなのだから。

「……うん」

少しだけ言葉を詰まらせた周が、やがて内側からゆっくりと溶け滲《にじ》み出たようなふやけた笑顔になるのを見届けて、真昼は周の脚の間で背中を預けて座る体勢から、向き合って軽い正座の体勢になる。

そのまま周の言葉を少しだけ封じるように唇を重ねて、至近距離で覗き込めば、呆気《あっけ》に取られた顔から少し恥ずかしがるような、堪えるような顔で唇をきゅっと結ぶ周。

「……幸せになりました?」

いたずらっぽく笑いかければ、まいったなと言わんばかりの柔らかな眼差《まなざ》しがすぐ側にあった。

「……ちょっと足りないかも?」

そう、周もいたずらっぽく笑っておねだりをするように真昼の体に手を回して抱き寄せながら首筋に顔を埋《うず》めるので、真昼は身も心もくすぐったくて、小さく笑いながら「もう」と咎めになってない声をかけて、口付けを受け入れた。

まだ書き切れていない今日の日記には、今とても幸せだと、書こうと思った。

あとがき

本書を手にとっていただきありがとうございます。

作者の佐伯《さえき》さんと申します。お隣の天使様短編集第二巻楽しんでいただけましたでしょうか。


という訳で名前は出て来たけど本編には登場していなかった椎名家のハウスキーパーこと小雪をようやく登場させられました。いや本編だとどうしても出番がなかったのでこういう形じゃないとなかなか登場させられなかったんですよね。

真昼は外見は両親の容姿を引き継いでますが雰囲気は小雪似という個人的な設定があります。割とスーパー万能かあちゃん小雪さんに育てられて真昼はああなりました。真昼も多分将来的にはあんな感じになる。多分。

それから他にも番外編として周《あまね》くんといちゃついたり門脇《かどわき》くんと腹の探り合いをしたり最早藤宮《ふじみや》家の嫁となってる姿を書いたりと楽しく書かせていただきました。

前回の短編集では樹《いつき》と千歳《ちとせ》がたくさん出てきていたので今回は優太《ゆうた》と志保子《しほこ》達に焦点を当てました。彩香《あやか》も出したかった。

書いてて思ったのが周は真昼視点だとなんか滅茶苦茶しっかりしてるな……？　そしてべた惚れだな……？

まあべた惚れなのは本編でも分かりきってましたから今更ですね！

今巻もはねこと先生に素敵なイラストを描いていただきました。

特装版のイラストで本編で見る事はないだろうアリスパロを描いていただいてあまりの可愛さにのたうち回りました。真昼はほんとエプロンドレス似合うんだよ……。うさみみ周もすこ。

通常版の表紙も可愛いんですよ……寝間着姿私見ていいのか⁉という気分です。清楚なのにどことなく色香がちらつく真昼さんはとてもよいぞ。

特装版の小冊子ははねこと先生ギャラリーついてるという事で私は今からとても楽しみです。データはもらっていても紙がやはり欲しくなるんだ……！


それでは最後になりますが、お世話になった皆様に謝辞を。

この作品を出版するにあたりご尽力いただきました担当編集様、ＧＡ文庫編集部の皆様、営業部の皆様、校正様、はねこと先生、印刷所の皆様、そして本書を手にとっていただいた皆様、誠にありがとうございます。

また次の巻でお会いしましょう。

最後までお読みいただきありがとうございました！

ファンレター、作品の
ご感想をお待ちしています

〈あて先〉

〒105－0001
東京都港区虎ノ門2-2-1
SBクリエイティブ（株）
GA文庫編集部 気付

「佐伯さん先生」係
「はねこと先生」係

本書に関するご意見・ご感想は
右の QR コードよりお寄せください。

※アクセスの際や登録時に発生する通信費等はご負担ください。

https://ga.sbcr.jp/

お隣の天使様に
いつの間にか駄目人間にされていた件 8.5

発　行	2023年9月30日	初版第一刷発行
	2024年12月23日	第二刷発行
著　者	佐伯さん	
発行者	出井貴完	
発行所	SBクリエイティブ株式会社 〒105-0001 東京都港区虎ノ門2-2-1	
装　丁	AFTERGLOW	
印刷・製本	中央精版印刷株式会社	

定価はカバーに表示してあります。

ISBN978-4-8156-2176-6
Printed in Japan　　GA文庫

第18回 GA文庫大賞
GA文庫では10代～20代のライトノベル読者に向けた魅力溢れるエンターテインメント作品を募集します!
創造が、現実《リアル》を超える。
イラスト／りいちゅ
大賞賞金300万円+コミカライズ確約!
◆募集内容◆
広義のエンターテインメント小説(ファンタジー、ラブコメ、学園など)で、日本語で書かれた未発表のオリジナル作品を募集します。希望者全員に評価シートを送付します。
※入賞作は当社にて刊行いたします。詳しくは募集要項をご確認下さい。
全入賞作品を刊行までサポート!!
応募の詳細はGA文庫公式ホームページにて
https://ga.sbcr.jp/